LA QUÊTE DES LIVRES-MONDE

T.1 Le Livre des Âmes

Carina Rozenfeld

La Quête des Livres-Monde

T.1 Le Livre des Âmes

INTERVISTA

Pour Julien, il m'a aidée à déployer mes ailes

Pour Léo, mon merveilleux petit ange

1.

UN BLOG QUI ZEC ZAG !

Un nouveau superhéros : Mosquito-Man !

Musique du jour : « I believe I can fly » de R. Kelly. Pour l'écouter, cliquez ici !

Des news !
(Journée pourrie, vous en voulez vraiment ?)

Ce matin, je me suis réveillé sur cette musique et depuis, elle me trotte dans la tête, alors je la partage avec vous d'une certaine manière ! Elle est belle non ? Sur le moment, elle m'a filé la pêche donc ça allait jusqu'à l'heure du déjeuner. – –>

Cet après-midi, grosse dégringolade. Je me suis

payé la honte du siècle. Encore la faute à cette biiiip de Léa. Mais pourquoi je continue à espérer quelque chose d'elle ? Depuis le temps que je me prends des râteaux, je devrais comprendre et ouvrir un magasin ! Heureusement que Louis est toujours là pour me charrier. Je ne sais pas ce que je deviendrais sans lui ! ;-)

Ce soir, je meurs de douleur dans le dos. Je vous avais parlé de mes piqûres de moustiques mutants ? Eh ben, ça continue ! Les boutons me grattent d'une force ! J'ai envie de m'arracher la peau ! Allez savoir, je vais peut-être finir comme Peter Parker ! Lui il a été piqué par une araignée génétiquement modifiée, et il est devenu Spider-Man, moi je me sens bien devenir Mosquito-Man. Si jamais ça arrive, évidemment, vous serez les premiers informés. Mais il faudra qu'une de mes blogofans me fasse un costume pas trop ridicule, parce que je suis super nul en couture et pas question de ressembler à un clown en collants.

Bilan de la journée : pourrie de chez pourrie. Et là, les paroles de la chanson citée plus haut (je précise pour ceux que ne suivent pas dans le fond), me reviennent en tête. Ah, pouvoir voler, j'en rêve. Ça ne vous arrive jamais ?

Moi si, et c'est bien pour cela que j'ai décidé de devenir pilote de ligne (j'en ai déjà parlé sur ce blog, je ne vais pas me répéter !).

Mais aujourd'hui, si j'ai envie de pouvoir voler, c'est pour me tirer loin d'ici, très loin ! Je veux me changer les idées, changer de peau, tout quoi ! Avec ça, je suis au bord du pétage de plombs. Au moins, vous pouvez me remercier, je suis un paratonnerre à malheurs, je les attire tous pour vous épargner. J'attends d'ailleurs votre reconnaissance éternelle !

Allez, j'arrête mon délire. Plutôt que de larmoyer ici, je m'en vais courir un peu, ça va me calmer. Je me suis fait une compil'« spécial running » qui déchire sur mon Ipod, j'ai hâte de la tester sur mon parcours préféré !

Bonne soirée mes chers lecteurs, et à très vite pour les nouvelles aventures de Mosquito-Man ! Bzzzzzz !

Zec cliqua sur la lucarne « Publier votre article ».

Cette fois, il n'avait pas envie de se relire avant de poster son texte. Tant pis pour les tournures de phrases qui feraient bondir sa prof de français, tant pis si les mots n'avaient ni queue ni tête. De toute façon, il n'avait pas tellement envie de parler de tout ce qui tournait dans sa tête ce soir. Il tenait son blog quotidiennement depuis quatre mois déjà. Et c'était la première fois qu'il n'avait pas réellement envie d'écrire. Il l'avait fait par habitude et parce qu'il savait qu'il avait quelques fidèles lecteurs. Mais son texte était vide et sans intérêt.

Il observa la barre de chargement se remplir. Ça y est, son post du jour était en ligne. Il éteignit son ordinateur, se leva et s'étira au milieu de sa chambre, sans avoir l'air de remarquer son lit défait et sa couette roulée en boule. Son sac de classe, ouvert, reposait près d'une pile de livres et de cahiers déposés à même le sol. Des vêtements étaient entassés sur le dossier de sa chaise, un des nombreux posters qui couvraient les murs retombait mollement, un coin s'étant détaché. Indifférent au bazar ambiant, il enleva son jean qu'il abandonna par terre et enfila un short. Puis il passa une paire de baskets toute neuve. Il avait pris deux pointures en quelques semaines et cette croissance inattendue lui avait valu la dernière paire de baskets fashion ! Il exécuta quelques foulées sportives dans sa chambre, éprouvant les coussins d'air qui allaient amortir les chocs de la course. Puis il les admira.

— Trop belles ces pompes ! Je vais déchirer ! déclara-t-il, satisfait de l'effet qu'il donnait, chaussé de cette manière.

Il se rendit dans la cuisine et ouvrit le « placard à douceurs », ainsi que l'appelait sa mère. Il en sortit une tablette de chocolat et en cassa quatre carrés. Sur le frigo, une ardoise magnétique ornée de fruits et de légumes en pâte à modeler durcissante attendait un éventuel message. Zec l'avait faite à l'école primaire pour la fête des mères et elle s'avérait toujours aussi utile huit ans plus tard, même si la pointe de la carotte s'était cassée au bout de la première année. Il prit la craie posée sur le rebord de l'ardoise et griffonna à toute allure : « Je suis parti courir, je reviens dans une heure. » Ainsi, sa mère ne s'inquiéterait pas si elle rentrait avant lui et ne le trouvait pas à la maison.

Il enfourna les quatre carrés de chocolat dans sa bouche, enfonça les écouteurs de l'iPod dans ses oreilles et sortit de chez lui en claquant la porte de l'appartement d'un coup sec qui résonna sur tout le palier. Mais Zec ne s'en rendit même pas compte : déjà, la musique emplissait son crâne, pulsant les basses dans ses veines.

Il avait un sens inné du rythme et préparait ses « playing lists » en fonction de son parcours. Le premier morceau devait l'accompagner au cours de la descente des escaliers. C'était le début de son échauffement. Il n'empruntait jamais l'ascenseur quand il allait courir.

Arrivé en bas, il prit le chemin du parc qui longeait sa rue et accéléra. Il avait fait ce parcours si souvent qu'il aurait pu le suivre les yeux fermés. Rapidement, il trouva son rythme de croisière et son souffle se mit au tempo. Zec pouvait courir des heures sans se fatiguer, son endurance était exceptionnelle. Et il adorait ça, trotter le long des allées herbeuses, sous les bosquets d'arbres, près du canal. Accompagné de sa musique, il laissait ses idées se perdre dans le bruit sourd que faisaient ses semelles frappant la poussière de l'allée, ou alors au contraire, il se concentrait avec plus de facilité sur un problème.

Ce soir, bien malgré lui, les soucis envahirent son esprit. Tout d'abord, il se mit à penser à Léa. Encore elle, toujours elle... Il l'avait repérée au début de l'année, même si elle était dans une autre classe de Seconde. Pour la première fois de sa vie, il avait senti son cœur bondir à la vue de cette jolie fille, fine comme une liane, aux longs cheveux blonds, aux yeux bleus, qui ressemblait à un elfe tout droit sorti du *Seigneur des Anneaux*. Quand il la voyait, il perdait tous ses moyens, se sentait comme un petit garçon timide, alors qu'il aurait voulu être un superhéros pour elle ! Il avait passé des mois à tenter d'attirer son attention. Il lui avait même écrit un poème qu'il lui avait envoyé, après avoir réussi à soutirer son adresse mail à sa meilleure amie. Mais elle n'avait jamais répondu. Pire, elle faisait comme s'il n'existait pas : son regard semblait passer à travers le jeune garçon énamouré. Il avait tout tenté après le poème : les sourires charmeurs, les tentatives de conversation, bien vite avortées. Pour la piquer au vif, il avait feint de l'ignorer totalement, il avait même dragué une de ses copines pour la rendre jalouse. Mais la belle était restée d'une indifférence absolue, ce qui rendait Zec complètement fou.

Il secoua la tête pour chasser ces mornes idées de sa tête. Au diable Léa ! Maintenant, un autre souci, plus grave, venait occulter ses histoires de cœur : son conseil de classe. Il devait se dérouler demain et Zec était inquiet pour son orientation. Il savait qu'il irait en Première, mais ses résultats seraient-ils suffisants pour passer en S ? Rien que d'y penser, il sentait son estomac se nouer. Il fallait absolument qu'il aille en S pour devenir pilote de ligne. Pas question pour lui de choisir une autre orientation, mais encore moins de redoubler !

Tout en suivant son itinéraire autour du petit lac, Zec soupira. Il avait la sensation que plus il « vieillissait », plus les choses devenaient compliquées. Il lui fallait ouvrir les yeux sur le monde des adultes qui s'offrait à lui et il le trouvait difficile, parfois même effrayant.

Il avait déjà fait les trois quarts de son parcours de jogger et s'apprêtait à entamer la dernière boucle, quand soudain, les boutons dans son dos se mirent à le démanger. Il tenta, dans un premier temps, d'ignorer cette désagréable sensation : il savait qu'en se concentrant sur autre chose, son cerveau finirait par oublier ces deux points douloureux. Mais au lieu de s'atténuer, la démangeaison se fit de plus en plus forte, au point de devenir insupportable. Zec arrêta sa course et tenta de gratter les deux boutons qui se situaient sur ses omoplates. Évidemment, il arrivait tout juste à les atteindre du bout des doigts et cela ne suffit pas à le soulager.

En jetant des regards furtifs autour de lui, il se dirigea vers un arbre et fit comme les ours : il se frotta le dos contre l'écorce d'un marronnier, espérant que personne ne le verrait dans cette étrange posture (surtout pas quelqu'un du lycée !). Pourtant, au lieu de la soulager, cela ne fit qu'accentuer la douleur.

— Qu'est-ce que c'est que ce délire ? grogna-t-il à voix haute. Ça fait super mal !

Zec arrêta de se gratter. Il avait l'impression d'avoir les omoplates en feu. D'un geste prudent, il effleura le bouton de droite et sursauta : ce dernier avait triplé de volume ! Passant l'autre main dans son dos, il constata la même chose pour celui de gauche.

— Je commence sérieusement à flipper, là... murmura le jeune homme d'une voix angoissée.

Sans réfléchir, il fit demi-tour et se mit à courir à longues enjambées. La chanson suivante démarra dans son iPod ; il l'avait téléchargée avant de partir courir. « *I believe I can fly, I believe I can touch the sky*[1] », disait le chanteur dans ses oreilles. Plus que jamais, il aurait aimé s'envoler, s'éloigner de sa vie, s'échapper de son corps qu'il ne maîtrisait plus depuis quelque temps.

Tout avait commencé il y a cinq mois de cela. Zec, qui avait toujours été le plus petit de sa classe, s'était mis à grandir subitement. Son corps s'était allongé, et très vite, il avait fini par dépasser tous ses copains. Ses parents, qui s'inquiétaient de sa petite taille, au point de s'être renseignés sur les hormones de croissance auprès d'un médecin spécialisé, avaient été soulagés de voir leur fils enfin grandir. D'abord ravi, Zec se trouva cependant face à un autre motif de questionnement : alors que ses camarades commençaient à se

1. « Je crois que je peux voler, je crois que je peux toucher le ciel. »

raser le menton, lui ne voyait pas l'ombre d'un poil pousser, ni sur ses joues, ni sur le reste de son corps.

Enfin, il y avait ces deux boules bizarres qui grossissaient dans son dos. Elles étaient apparues voilà déjà une semaine, et comme elles grattaient, Zec s'était persuadé qu'il s'agissait des premières piqûres de la saison. Mais au lieu de s'atténuer, ces deux piqûres n'avaient pas cessé de grossir, et de le démanger de plus en plus. Il n'avait pas osé en parler à ses parents. Il préférait attendre que ça passe. Il n'était pas très à l'aise avec son corps et il ne voulait pas que trop de monde se penche sur le sujet.

Mais visiblement, ça ne passait pas et, au contraire ne faisait qu'empirer. Zec décida d'écourter son jogging et de revenir chez lui rapidement. Il sentait les deux protubérances chauffer sous son t-shirt et battre au rythme de son sang. Tout en courant, il pensa : « Si ça ne disparaît pas dans deux jours, je préviens mes parents. » Cette idée le rassura un peu. Il ralentit son allure en sortant du parc. Sa chanson du jour s'était terminée sans qu'il s'en rende compte, perdu qu'il était dans ses pensées. Il appuya sur le bouton arrière de son iPod et la mit une seconde fois.

« *I used to think that I couldn't go on*
And life was nothing but an awful song[1]. »

---

1. « Je pensais que je ne pourrais pas continuer ainsi, que la vie n'était rien d'autre qu'une horrible chanson. »

Une fois chez lui, il se précipita dans la salle de bains, ôta son t-shirt et regarda son dos dans le miroir. Ce qu'il vit lui provoqua un haut-le-cœur : les boutons étaient devenus deux énormes bosses, une sur chaque omoplate. Les avoir frottées sur l'arbre avait écorché sa peau et il saignait. Il observa son t-shirt maculé. Frénétiquement, il se mit à rincer le tissu sous l'eau, dans le lavabo. Il ne fallait pas que sa mère voie les traces de sang, elle allait s'inquiéter ! Il rajouta du savon liquide qui servait à se laver les mains et frotta de plus belle. Les marques s'estompèrent. Soulagé, Zec se retourna à nouveau vers la glace, tentant de comprendre ce qui lui arrivait. Les deux bosses étaient vraiment effrayantes. En plus des traînées sanglantes, la base des gonflements était violacée, la peau s'étirait, tendue sur ces excroissances, et au milieu, deux gros points blancs pointaient, comme deux énormes boutons d'acné presque mûrs.

Zec souffla longuement en entrant dans sa douche. Peut-être que, tout bêtement, c'était de l'acné ! Ok, une acné particulièrement impressionnante, mais seulement de l'acné ! Une grande première pour lui qui gardait une peau parfaite. Il prit une longue douche brûlante. L'eau, en dégoulinant dans son dos, lui faisait presque mal, mais il supporta la douleur sans broncher, avec l'impression qu'elle allait nettoyer les bizarreries dont il était victime.

Finalement, il coupa le jet et enfila son peignoir.

Avec la paume de sa main, il essuya la buée qui s'était déposée sur le miroir et s'inspecta. Ses yeux vairons (un bleu et un vert foncé) étaient ourlés de cils épais, aussi noirs que ses cheveux. Son visage aux pommettes saillantes était long, son menton carré, sa bouche fine et bien dessinée. Il passa ses mains dans ses cheveux mouillés qu'il ramena en arrière. Visiblement, il ne faisait aucune autre poussée d'acné, ni sur les joues, ni sur le front. Heureusement, la crise ne semblait toucher que son dos. Enfin... pour le moment.

Zec ramassa ses vêtements sales et les mit directement dans la machine à laver pour éviter que sa mère ne les regarde de trop près. Il se sécha et enfila une tenue propre, puis il ralluma son ordinateur. Il se connecta directement sur son blog. Devait-il raconter ce qui lui arrivait ? Non, il avait trop peur que ses lecteurs se moquent de lui ou le prennent pour un mytho hypocondriaque. Mieux valait s'en tenir à l'histoire des piqûres de moustique géantes.

Il y avait déjà quatre commentaires en ligne :

Posté par Lillylagrenouille à 19 h 48

Dommage Zec, je suis trop nulle en couture, moi aussi ! Sinon je t'aurais volontiers fait ton costume de Mosquito-Man ! :-D Depuis le temps que je cherche un prétexte pour te rencontrer, finalement, je vais peut-être prendre des cours de couture !

Allez, courage et si tu veux parler, tu n'as qu'à te connecter !

Je te kiss partout (même dans le dos !).

Zec sourit. Lillylagrenouille était une de ses plus fidèles lectrices, toujours la première à lui laisser un commentaire. Elle craquait sur les photos de lui qu'il mettait parfois en ligne et elle ne s'en cachait pas du tout. Sauf qu'elle avait déjà dix-neuf ans et qu'elle vivait à cinq cents kilomètres de chez lui.

Posté par Belleféegore à 19 h 51

Oh là là Zec ! Je vois que t'as pas la pêche ! Si je me souviens bien, tu nous avais dit que ton conseil de classe avait lieu demain ! Je pense bien fort à toi et je croise les doigts et les orteils ! C'est sûr, tu vas passer en Première S et tu vas pouvoir faire tes études pour devenir pilote de ligne ! En tout cas, moi j'y crois à mort !

Je t'embrasse bien fort et tiens-nous au courant pour demain !

Derrière le pseudo de Belleféegore se cachait la cousine de Zec. Ils avaient deux mois de différence et, pendant des années, lorsqu'elle vivait dans le Sud, avaient passé toutes leurs vacances ensemble. Maintenant, elle avait déménagé et habitait à trois pâtés de maisons de Zec et de ses parents. Ils ne partaient plus en vacances ensemble, mais se voyaient plus souvent.

Posté par Louisle14e à 19 h 53

Ben alors mon pote ? C'est la chute libre ? Tu veux une blague sur les blondes pour te détendre ? Je te l'ai déjà dit 1000 fois, laisse tomber. LAISSE TOMBER ! Tu vois, tu m'obliges à crier ! Quant à tes boutons, si jamais tu deviens Mosquito-Man, tu n'auras plus besoin de devenir pilote pour t'envoyer en l'air, alors pas de panique pour le conseil de demain ! :-)

Zec ricana. Louis était son meilleur ami. Ils se connaissaient depuis l'école maternelle et avaient toujours été dans la même classe d'année en année. En plus, Louis habitait deux étages au-dessus de chez Zec. Malgré cela, ils passaient des heures à s'échanger des messages sur leurs ordinateurs ou par SMS.

Posté par Eyver à 20 h 01

Cher Ézéchiel, je sais que cette période n'est pas simple pour toi. Tu ne te sens pas à ta place dans ta vie. Tu as l'impression qu'elle ne te donne pas ce que tu attends. Peut-être même te sens-tu de plus en plus différent de tes camarades. Tout cela est parfaitement normal. Bientôt, tu auras toutes les réponses.

Quant à ton petit problème dans le dos, je te conseille de prendre des antidouleur avant de te coucher. Tu risques d'avoir très mal cette nuit.

Bon courage.

Zec fonça les sourcils. Qui était cet Eyver ? C'était la première fois qu'il lui laissait un commentaire. En plus, il l'appelait Ézéchiel. Personne, à part ses parents, et encore, quand ils avaient quelque chose de grave à lui dire, ne l'appelait ainsi. Il n'arrivait même pas à se souvenir si, une seule fois sur son blog, il avait dévoilé son vrai prénom. Et cet Eyver n'avait pas complètement tort : Zec se sentait de plus en plus en décalage avec sa propre vie. Il mettait tout cela sur le compte de l'adolescence. Même en plein cœur de cette période délicate, il gardait suffisamment de recul pour prendre pleinement conscience de ce qu'il vivait.

Et puis qu'est-ce que ça voulait dire « Bientôt, tu auras toutes les réponses » ? Les réponses à quoi ?

Et pourquoi lui disait-il qu'il allait avoir mal ? À cause de cette remarque, la peur s'insinua à nouveau dans l'esprit de Zec. Il avait réussi à la calmer en se persuadant que ses boutons étaient de l'acné, mais les mots de cet Eyver le décontenançaient à nouveau, réveillant ses démangeaisons et ses angoisses.

2.

Du bout de sa fourchette, Zec chipotait le contenu de son assiette.

— Il y a quelque chose qui ne va pas ? lui demanda sa mère, agacée par son petit jeu.

Il haussa mollement les épaules, sans relever les yeux.

— Bof, je n'ai pas très faim. Je crois que j'angoisse pour mon conseil de classe de demain.

— Zec, je suis sûre que ça va bien se passer. Tu n'as pas de mauvais résultats. Tu as même la moyenne partout et tu as bien remonté au cours de ce troisième trimestre.

— Je suis d'accord avec ta mère, renchérit son père. Je pense aussi que tu as tiré les leçons de ta baisse et ça ne peut que te servir pour prendre un meilleur rythme de travail l'année prochaine.

Zec hocha la tête. Il savait que ses parents tentaient de le réconforter gentiment et qu'ils avaient certainement raison, mais il se sentait bizarre ce soir. Un début de migraine martelait ses tempes, il était fiévreux et n'avait pas faim. Il n'était pas d'humeur à écouter ses parents. En fait, il ne désirait que se cacher sous la couette et dormir. Pour un couche-tard comme lui, c'était inhabituel, et pourtant ses yeux piquaient, ses paupières devenaient lourdes, son crâne bourdonnait.

Sa mère dut le remarquer :

— Tu as mauvaise mine, mon chéri, tu es sûr que ça va ?

— Je ne me sens pas très bien ce soir. Je suis crevé.

Elle passa une main douce sur son front.

— Tu es un peu chaud. Tu veux que j'appelle le médecin ?

Zec pensa à la tête du docteur découvrant les bosses dans le dos, en écoutant sa respiration dans le stéthoscope.

— Non, non, ça va aller. Je crois que j'ai besoin de dormir. Ça ne vous ennuie pas si je vais me coucher maintenant ?

Ses parents se regardèrent, interloqués.

— Non, bien sûr. Tu ne veux vraiment pas qu'on appelle le médecin ? Il peut être là dans dix minutes...

— Merci maman, ça va aller...

Zec reposa sa fourchette, se leva et pos[illegible]
sur le front de sa mère qui lui fit un pâle s[illegible]

aussi semblait fatiguée. Il savait qu'elle avait des soucis dans sa boîte de graphisme ; il ne voulait surtout pas l'inquiéter plus.

Il fit un signe de tête à son père et s'éclipsa dans sa chambre, soulagé de se retrouver seul. Il alla se brosser les dents et, seulement vêtu de son caleçon, se glissa entre ses draps. Il ferma les yeux, tentant de chasser la douleur qui serrait ses tempes, descendant jusque derrière ses globes oculaires. Il voyait des formes bleues et violettes danser sous ses paupières fermées.

Il s'assoupit. Ses pensées se noyaient dans les limbes du sommeil. Il oublia enfin la douleur. Soudain, un « bip » le fit sursauter et l'extirpa du doux repos dans lequel il baignait. Il se redressa d'un coup et eut la sensation que la moitié de son cerveau était arrachée par la migraine. Il tendit son bras vers la table de nuit et saisit le téléphone mobile. C'était Louis qui lui envoyait un texto lui proposant de monter chez lui regarder un DVD qu'il avait loué. Zec grimaça et tapota sa réponse rapidement. Il lui expliqua qu'il était malade et qu'il préférait rester chez lui.

Quelques secondes plus tard, la réponse de Louis arriva : « Ok mec, repose-toi et à 2min. »

Zec posa le téléphone et laissa sa tête retomber sur l'oreiller. Il essaya en vain de se rendormir. Une douleur lui vrillait le crâne et il se sentait trop faible pour se lever prendre une aspirine. En plus, il avait mal dans le dos. Ses boutons le grattaient à nouveau. Il ne supportait plus le contact des draps moites sur sa peau. Il se redressa, pas trop vite cette fois pour éviter d'ébranler sa tête, et passa sa main sur le bouton de gauche. Il était toujours aussi énorme, tendu, et chaud. Zec n'osait pas se gratter, de peur de se faire saigner encore. Finalement, une fois assis sur le bord de son lit, il eut le courage d'aller dans la salle de bains chercher de quoi soulager sa douleur et sa fièvre. Sans faire de bruit, il se glissa dans le couloir. Ses parents étaient dans le séjour. Il entendait les dialogues d'une série télé et apercevait la lumière bleutée de l'écran clignoter et se refléter sur les murs.

Il hésita à les alerter, mais n'alla pas au bout de son mouvement. Toute cette histoire le mettait vraiment trop mal à l'aise.

Dans l'armoire à pharmacie, il trouva son bonheur et avala deux comprimés d'un coup. De retour dans sa chambre, il s'allongea à nouveau, attendant que l'aspirine fasse son effet. Il finit par sombrer dans le sommeil, alors que la douleur refluait.

Il dormit lourdement pendant quelques heures. Puis un rêve étrange se forma dans les limbes de son cerveau. Il se trouvait au bord d'un gouffre empli de brume grise et opaque. De son regard, il tentait de percer le mystère caché par le brouillard car il savait qu'il y avait quelque chose d'important dans ce nuage. Quelque chose qu'il devait trouver absolument.

C'était vital, essentiel et pressant. Il ne savait plus de quoi il s'agissait et pourtant il l'avait su. À un certain moment. Mais sa mémoire, à cet instant, lui faisait défaut. Il avait beau la fouiller, ses efforts restaient vains. Il entendait alors un grincement derrière lui, un bruit de roues mal huilées cahotant sur une route irrégulière. Ce bruit se rapprochait, mais Zec ne se retournait pas pour voir ce que c'était. Son regard ne parvenait pas à se détacher du brouillard qui flottait à ses pieds. Enfin, alors que les grincements semblaient s'arrêter près de lui, quelqu'un le poussait dans le dos avant qu'il n'ait le temps de réagir. Dans le dos, juste sur les omoplates, là où il avait ses gros boutons. La douleur qu'il ressentit fut intense, plus que la peur de tomber dans le vide. Il avait mal, horriblement mal.

Il se réveilla en sursaut, avec l'impression que deux épées chauffées au fer rouge s'enfonçaient dans son dos. Il se redressa d'un coup, désorienté. Il était encore brûlant et une fine couche de sueur gluante couvrait tout son corps. Ses deux boutons s'étaient éveillés à nouveau, et cette fois ils ne le grattaient plus, ils le torturaient. Sa peau tirait, comme si elle se déchirait. Il crut que les os de ses omoplates allaient jaillir hors de son corps. Il avait envie de pousser un hurlement de douleur, mais il serra les dents pour retenir son cri.

Il lui fallait reprendre de l'aspirine, regarder dans le miroir ce qu'il se passait dans son corps. Il tenta de se lever, mais un vertige le saisit. Sa tête tournait, la nausée remontait dans son œsophage, les battements de son cœur s'accéléraient, ses jambes ne le tenaient plus. Il se laissa tomber sur son lit en haletant.

« Mais qu'est-ce qui m'arrive ? »

Il était complètement paniqué. Il en était sûr à présent : il avait une maladie grave ! Il regrettait de ne pas en avoir parlé à ses parents, de ne pas être allé voir le médecin. Maintenant, il se disait qu'il allait mourir sans avoir profité de la vie.

La douleur atroce dans son dos le cloua sur son lit, étendu sur le ventre. Il glissa à nouveau sa main sur une des excroissances. Elle avait encore doublé de volume.

Silencieusement, Zec se mit à pleurer.

« Je ne veux pas mourir, je ne veux pas mourir. Il faut que ça s'arrête, j'ai trop mal ! Je veux que ça s'arrête ! »

La nausée commença à s'estomper et son cœur retrouva un rythme un peu plus normal. Zec se rassit doucement sur le bord de son lit. Il sentit un liquide chaud couler le long de sa colonne vertébrale. Il alluma la lumière de sa table de chevet. Tout était normal dans sa chambre. Il était 1 h 47 du matin.

Il passa un doigt sur le filet visqueux qui descendait jusque dans ses reins. Il ramena sa main dans la lumière. C'était du sang, épais, rouge foncé.

Sans réfléchir, Zec se leva, ôta son caleçon avant qu'il ne soit sali et se précipita, entièrement nu, dans la salle de bains qui, heureusement, était près de sa chambre. Ses parents dormaient. Il ne fallait pas qu'il les réveille. Il ne voulait pas qu'ils le voient dans cet état.

Le miroir, éclairé par la lumière nue de la lampe à néon qui le surplombait, lui révéla une image tirée d'un film d'épouvante : de ses énormes boutons, des cartilages blancs avaient jailli, comme deux boules lisses et pâles, et du sang coulait abondamment de ces excroissances, le long de son dos, jusque sur ses fesses et ses jambes. Zec eut un haut-le-cœur et sa tête se remit à tourner. Se cramponnant au bord de la vasque fraîche, il fit jaillir l'eau de la douche et, sans attendre qu'elle soit à bonne température, il s'assit dans la baignoire, recroquevillé sur lui-même. Le jet puissant fouettait son dos douloureux, nettoyait le sang qui tourbillonnait en volutes rouges autour de lui, avant de disparaître dans la bonde.

Zec resta longtemps ainsi, en boule dans la baignoire, les bras autour de ses jambes, le menton posé sur ses genoux, balançant son long corps d'avant en arrière, les yeux fermés pour ne pas voir le sang couler. La douleur ne cessait pas ; il sentait ses omoplates qui continuaient à sortir de son corps alors que les larmes roulaient sur ses joues, se mêlant à l'eau brûlante qui coulait sur lui, autour de lui.

Il ne sut pas combien de temps il resta ainsi, prostré dans la salle de bains, caché derrière le rideau de douche décoré de dauphins souriants. Finalement, ce furent des coups tapés discrètement à la porte qui le sortirent de l'état second dans lequel il était plongé, entre sommeil et fièvre. Il ouvrit les yeux. Le sang ne coulait plus, l'eau était claire dans la baignoire. L'intensité de la douleur avait baissé.

— Ça va, fils ? Tu te sens bien ?

Zec se redressa, complètement ankylosé, et coupa l'eau.

— Oui, papa, ça va. J'ai été malade, mais ça va mieux.

— Tu es sûr ? Tu n'as besoin de rien ?

— Ça va aller, je te remercie. Je vais me sécher et me mettre au lit.

— Bon... Si tu as besoin de moi, tu n'hésites pas. D'accord ?

— Merci, papa. Je pense que c'est ok.

Il écouta les pas de son père décroître. Il entendit sa voix basse murmurer quelque chose à sa mère, certainement pour la rassurer, et enfin, le silence se posa sur la nuit.

Zec sortit de la douche. Un nuage de buée baignait la pièce. Il entrouvrit la fenêtre pour chasser l'humidité et s'enveloppa dans son peignoir. Il s'assit sur le bord de la baignoire, encore étourdi par la douleur, puis ferma les yeux, étonné d'être en vie après ce cauchemar. Enfin, quand la buée se fut un peu dissipée, il ôta son peignoir et regarda, pour la millième fois cette semaine, son dos dans le miroir.

Des ailes.

Des ailes.

Des ailes avaient poussé dans son dos. Des ailes d'une quinzaine de centimètres, qui ressemblaient à des ailes d'ange mais plus fines, blanches et soyeuses. Il n'y avait pas de plumes, mais un fin duvet très blanc qui recouvrait une peau presque translucide, dessinée de fines veines bleutées.

Zec, abasourdi, contempla longuement cette apparition. Était-ce possible ? Il devait encore dormir, c'était un rêve. Ou un cauchemar.

Il passa une main sur son visage en respirant lentement. Il regarda à nouveau, mais les ailes étaient toujours là. Il n'avait plus mal. Il se concentra pour voir s'il arriverait à les faire bouger. Et ses ailes se soulevèrent et se mirent à battre rapidement, poussant un peu d'air, ce qui décolla une mèche de cheveux dans son cou.

— J'ai des ailes ! C'est dément ! Mais pourquoi ? Je suis un ange ! Je suis mort ?

Zec se rassit sur le bord de la baignoire, le temps de

reprendre son souffle et de remettre de l'ordre dans ses idées. Seuls les anges avaient des ailes. S'il était un ange, alors oui, il était mort cette nuit !

Il regarda autour de lui. Pourtant, tout était normal, habituel, dans la pièce. Il sentait le filet d'air frais qui glissait de la fenêtre, la douceur du tapis de bain sous ses pieds, le parfum de la lessive qui remontait de son peignoir. Tous ses sens étaient en alerte, comme quelqu'un de parfaitement vivant. Il se releva et observa son visage dans le reflet de la glace. Il n'avait pas du tout la tête d'un mort. D'accord, il n'avait pas l'air très en forme, mais certainement bien en vie. Donc, il n'était pas mort. Il lui fallait trouver une autre explication à l'apparition de ces ailes.

Sans faire de bruit, Zec sortit de la salle de bains. Il se sentait épuisé, vidé de toute énergie, mais au moins il oubliait déjà cette douleur atroce qui l'avait déchiré. Dans sa chambre, il ouvrit la porte de son placard. À l'intérieur, il y avait une grande glace en pied. Il continua d'y mirer ses ailes, les faisant battre vite, lentement, vite encore... C'était presque amusant. Mais ça ne l'éclairait toujours pas sur la raison de leur présence.

Il fut tenté d'écrire un SMS à Louis, de le prévenir de cette chose extraordinaire, comme il avait l'habitude de le faire depuis qu'il était petit pour chaque événement qu'il traversait. Mais il se retint. Pour commencer, Louis allait se moquer de lui. Puis, une fois qu'il comprendrait que Zec ne lui mentait pas, il le prendrait pour un monstre, une bête de foire, un extraterrestre, ou un être venu de la quatrième dimension. Il ne pouvait pas le lui dire. Pas tout de suite en tout cas. Il ne valait mieux pas. Il préférait attendre, voir comment les choses allaient évoluer. Peut-être que demain, tout ceci serait fini. Les hommes n'avaient pas d'ailes. Oui, mieux valait attendre le lendemain pour décider quoi faire.

Zec se recoucha et éteignit la lumière, ses pensées s'entrechoquant dans sa tête. Il essayait de comprendre ce qui lui arrivait. Pourquoi avait-il des ailes ? À quoi pouvaient-elles servir, aussi petites ? Elles ne le soulevaient même pas ! Il se demanda si ses parents se doutaient de ses nouveaux attributs. Peut-être qu'ils en avaient eux aussi.

Mais non, c'était impossible ! Il s'en serait rendu compte en les voyant en maillot de bain, pendant les vacances.

« Mince ! Je ne vais pas pouvoir me mettre en maillot cet été ! Quelle galère ! Comment je vais faire ? »

Les pensées de Zec continuèrent à défiler, comme s'il était en plein délire. Il pensait à Léa. Peut-être serait-elle épatée de voir ses ailes ? Il pensait à ses parents. Devait-il leur dire ? Il pensait au regard des gens sur lui. Aux scientifiques qui voudraient savoir pourquoi il était différent des autres. Il ne voulait pas être différent des autres. Il voulait être comme tout le monde. Déjà, petit, il avait souffert des sarcasmes de certains enfants, à l'école, qui se moquaient de ses yeux vairons et de sa petite taille. Ils disaient qu'il était un monstre et qu'il faisait peur. Qu'il devrait travailler dans un train fantôme. Les humains étaient prompts à se moquer et à rejeter ce qu'ils ne pouvaient pas comprendre. Cela les effrayait et les rendait agressifs. Et Zec ne voulait pas être effrayant. Il voulait passer en Première S, avoir une petite amie et continuer à rire avec ses copains. C'est pourquoi, avant de sombrer dans un sommeil lourd, il décida que, pour le moment, il ne dirait rien à personne.

« Demain, on verra demain... »

3.

Un rayon de soleil chatouilla la joue de Zec et le réveilla. Il ouvrit les yeux en pensant qu'il était déjà crevé avant même de mettre un pied par terre. Son réveil s'était déclenché depuis dix minutes, mais il n'avait rien entendu. Se retournant d'un coup dans son lit, il marmonna quelques mots indistincts et plongea sa tête dans l'oreiller, prêt à se rendormir. De toute façon, l'année était terminée. Son sort était scellé, et le lycée fermait ses portes dans une semaine pour accueillir les épreuves du bac : il pouvait bien sécher les cours et dormir quelques heures de plus, ça ne changerait rien.

Puis, doucement, les événements de la nuit reprirent place dans sa conscience. Il ouvrit complètement les yeux.

— Des ailes, murmura-t-il.

Il se redressa brutalement et se précipita vers le

miroir de son armoire. Elles étaient bien là, toutes blanches dans la lumière du matin.

— Ce n'était pas un rêve... Mince...

Zec les observa battre doucement dans son dos. Elles paraissaient un peu plus grandes que dans la nuit. Avec précaution, il passa une main sur celle de droite. Elle était faite d'une fine membrane, très douce. Il les regarda longtemps, comme si, en les fixant, il allait les faire disparaître et renvoyer toute cette aventure aux oubliettes. Mais elles semblaient disposées à s'installer dans son dos définitivement.

Zec se rassit sur son lit et enfouit son visage entre ses mains.

— Pourquoi ce n'était pas un rêve ? Je ne veux pas avoir d'ailes ! Je veux redevenir comme avant !

Il chercha dans sa mémoire quel crime il avait pu commettre pour être puni de la sorte ; et ne trouva rien d'assez grave. Mais alors...

— ... Pourquoi ça m'arrive ? Je suis un mutant ? Un X-Man, c'est ça ? Ça existe vraiment en fait !

Les images des films qu'il avait vus sur les X-Men défilèrent rapidement dans son esprit. Des ados avec des pouvoirs, différents selon les cas. Il y en avait un qui pouvait fabriquer de la glace à partir de rien, et un autre du feu en claquant des doigts. Il y avait aussi Angel, le mutant qui avait des ailes d'ange. Celui-là, il s'en souvenait bien parce qu'en voyant le film, il avait trouvé ça cool d'avoir des ailes. Mais finalement, maintenant qu'il les sentait caresser son dos, il aurait bien laissé ce rôle à un personnage de comics.

Il repensa aussi à l'école du Professeur Xavier dans laquelle tous les mutants allaient se cacher pour apprendre à maîtriser leurs facultés. Et si, dans la réalité, il y en avait aussi d'autres comme lui ? Il fallait qu'il les retrouve ! Zec n'avait qu'un seul moyen de vérifier tout cela. Il enfila un t-shirt, alluma son ordinateur et se connecta directement sur Google.

Il tapa en mots-clefs « ailes ». « Pousser des ailes ». « J'ai des ailes dans le dos ». « Mutants ». « Ange ». « Ailes d'ange ».

Il effectua ainsi des dizaines de recherches, mais sans succès. Il trouvait des articles sur Angel, sur les X-Men ou bien sur le film *La Cité des Anges*. Il y avait des poèmes de personnes qui avaient perdu quelqu'un de proche et qui parlaient de leur ange, il y avait des textes oniriques, des symboliques de rêves, des sites bloqués par le contrôle parental, il y avait des explications sur comment les oiseaux et les avions volaient... Des milliers de pages et rien qui ne correspondait à ce qu'il cherchait. Visiblement, il était seul sur Terre à posséder une paire d'ailes dans le dos. Ou alors, personne n'osait en parler sur le Net.

Finalement, il se connecta sur son blog. Il voulait juste lire ses commentaires. Ce matin, il n'était plus le Zec de la veille, le garçon léger dont le seul souci était de savoir s'il passerait en Première S. Il ne se reconnaissait plus dans ce qu'il avait écrit ces derniers jours. La blague de Mosquito-Man ne le faisait plus rire du tout.

Il y avait bien deux nouveaux commentaires :

Posté par Be_like_me à 23 h 35

Coucou Zec, ça faisait longtemps que je n'étais pas passé sur ton blog. J'ai rattrapé tout mon retard et je voulais te souhaiter bonne chance pour demain. Tu n'oublies pas de venir nous raconter comment ça s'est passé, ok ?

Posté par Eyver à 8 h 40

Bonjour, Ézéchiel. J'espère que ta nuit n'a pas été trop mouvementée. Ne t'inquiète pas, après, ça ne fait plus mal. Par contre, tu vas voir, tu vas « planer ».

Bonne journée

Zec sursauta à la lecture de ce commentaire. Il le relut une fois, puis deux. Eyver ! Encore lui ! Il avait raison. Il n'avait plus mal depuis que les ailes étaient sorties. Et il lui parlait de « planer ». Il était au courant ! Il savait ce qui lui était arrivé ! C'était la seule explication possible. Comment était-ce possible ? Qui était cet Eyver ?

Sous l'effet de la surprise, le jeune homme se leva d'un bond. Des milliers de questions tournaient à toute allure dans sa tête. Il y avait une personne qui le connaissait, qui savait tout à son sujet. Il fallait qu'il la contacte, qu'il la rencontre, qu'il lui demande pourquoi et comment. Zec s'habilla, perdu dans ses pensées, et alla dans la cuisine. Il avait très faim.

Sur l'ardoise, sa mère lui avait adressé un petit mot avant de partir au travail : « J'espère que tu vas mieux, appelle-moi quand tu te réveilles. Maman. » Zec sourit. Il se demanda pourquoi elle signait toujours ses petits mots de « maman ». Il savait très bien que c'était elle qui lui écrivait !

Il sortit deux pains au chocolat du congélateur et les posa sur le plateau du micro-ondes. En les observant tourner dans le four du coin de l'œil, il appela sa mère.

— Salut maman, c'est moi. Je vais mieux. Je crois que j'ai dû avaler un truc que je n'ai pas digéré. Oui, ça doit être l'angoisse. Maintenant, c'est passé. Je vais au lycée. Non, non, ça va, je t'assure. Je n'ai pas envie de rester ici à tourner en rond. Je t'embrasse, maman, je te dis à ce soir.

Zec raccrocha, sortit les pains au chocolat brûlants et les dévora comme s'il n'avait pas mangé depuis des semaines. Il finit de se préparer et, avant de partir, vérifia que ses ailes ne se voyaient pas sous ses vêtements. À son grand soulagement, rien ne se devinait. On avait juste l'impression qu'il avait les omoplates un peu saillantes.

Une fois arrivé au lycée, il se rendit directement en cours d'histoire et se glissa près de Louis alors que le professeur entrait dans la pièce.

— Tiens te voilà ! Tu es guéri ? chuchota Louis.

— Oui, ça va mieux.

Zec mourait d'envie de tout lui avouer, mais il avait trop peur de la réaction de son ami pour oser dire quoi que ce soit. Alors il se tut.

— Tu as quand même une sale tronche. On dirait que tu n'as pas dormi de la nuit.

— C'est un peu ça... C'était quoi le film que tu avais loué ?

— *Randonnée intersidérale*. Tu n'as rien manqué, c'est un navet intergalactique. Je n'ai même pas regardé la fin.

Zec sourit. En s'immergeant dans son univers familier, il se détendit. L'espace d'un instant, il oublia qu'il était différent et se sentit un élève comme les autres. Puis, comme une brèche dans la réalité, le souvenir de la nuit lui revint et son cœur se figea quelques secondes dans sa poitrine. Il se tassa sur son siège pour masquer ses omoplates étrangement pointues.

La classe entière bâillait. Louis envoyait des textos à une fille qu'il avait rencontrée sur un forum Internet et Zec griffonnait des anges sur son cahier. Il était perdu dans ses pensées, se demandant comment contacter ce mystérieux Eyver.

Enfin, la sonnerie retentit et les élèves filèrent à toute vitesse dans la cour.

— Comment tu te sens pour ce soir ? demanda Louis en rangeant son téléphone dans sa poche.

— Ce soir ? Y'a quoi ce soir ?

— Zec ! Arrête, ça fait des jours que tu stresses comme un malade pour le conseil de classe !

— Ah oui ! Je suis crevé, désolé ! Je ne sais pas. Je verrai bien. De toute façon, si je ne passe pas en S, ce n'est pas un drame !

— Hein ? On t'a lobotomisé cette nuit ou quoi ? Tu saoules la terre entière avec ça depuis le deuxième trimestre à cause de ta moyenne de 9 en maths et là, tu t'en fous ?

— Bah, si je ne peux pas devenir pilote, je trouverai un autre moyen de voler !

— Ouais c'est ça. Je te vois très bien en hôtesse de l'air !

Louis se mit à ricaner. Zec lui donna un coup de coude dans les côtes.

— Crétin.

Ils se rendirent tranquillement vers la classe de physique. Mais leur professeur était absent.

— Cool, je vais pouvoir retourner discuter avec Leeloo ! s'exclama Louis.

— C'est qui celle-là ?

— C'est la fille des textos ! Elle est géniale. Je l'ai rencontrée sur un forum de ciné. Elle aussi a détesté *Randonnée intersidérale*.

— Ah oui, vous avez plein de trucs en commun alors.

— C'est ça, fous-toi de moi ! Contrairement à d'autres, je rencontre du monde. Je ne reste pas bloqué comme un malheureux sur une fille qui ne veut pas de moi !

— Rassure-toi, Léa c'est terminé. Au moment où il disait ces mots, Zec se rendit compte que c'était vrai.

— Ouais, c'est ça, hier tu pleurais encore sur ton blog.

— Mais aujourd'hui n'est pas hier. Tu viens, on rentre. J'ai besoin d'aller courir.

Comme Louis et Zec habitaient dans le même immeuble, ils rentraient toujours ensemble.

— Tu ne veux pas monter à la maison avec moi ? Tu vas toujours courir, mais après quoi exactement ?

— Bonne question... répondit Zec, songeur.

***

Dans ses oreilles, la musique rythmait la course de ses pas. Il allait vite. Il accéléra encore et encore, comme s'il était poursuivi. Et d'une certaine manière, il l'était bel et bien : à chaque mouvement de bras, il devinait le duvet de ses ailes caresser son dos. Cette sensation le surprenait, le déstabilisait, l'inquiétait. Rapidement, il se retrouva à bout de souffle et dut se rendre à l'évidence : même en courant comme le vent, il n'arriverait pas à les laisser derrière lui. Il lui fallait apprendre à les accepter, à vivre avec. Il n'avait pas le choix.

Il repensa à cet Eyver. Il avait une idée : en rentrant, il laisserait un article dans son blog, destiné à cet homme. Rassuré par cette solution qui se profilait, il courut plus d'une heure, porté par les giclées d'adrénaline qui secouaient son corps différent, étranger.

Il termina sa course en marchant lentement pour retrouver son souffle et ôta les écouteurs de son iPod : il avait besoin de calme.

Soudain, un bruit étrange le fit sursauter. C'était un son de roue mal huilée, grinçant sur le gravier. Il l'avait déjà entendu, mais quand ? Il se retourna et eut juste le temps d'apercevoir une chaise roulante disparaître derrière un buisson de bambous. Où avait-il entendu ce bruit auparavant ?

Une fois sous la douche, Zec se demanda s'il devait savonner ses ailes. Comment ça se nettoyait des machins pareils ? Il les étendit au maximum et décida plutôt de les shampouiner. Il avait un shampooing doux, pour cheveux délicats ; voilà qui lui semblait très approprié pour le duvet blanc qui recouvrait la membrane de peau. Il se contorsionna pour les frotter entièrement, et trouva, encore une fois, qu'elles semblaient un peu plus grandes. Quelle taille feraient-elles à la fin ? Pourraient-elles le porter, le faire voler ? Cette idée merveilleuse commençait à se faire une petite place au fond de lui, l'aidant à accepter doucement leur présence.

Voler était le rêve de Zec depuis qu'il était tout petit. Pour ses dix ans, ses parents lui avaient offert un tour en montgolfière. Et pour ses douze ans, un survol de la ville en hélicoptère. Chaque fois, il en était ressorti ébloui, avec la certitude qu'il ne serait heureux, dans sa vie, que dans le ciel. Depuis ce jour, il avait décidé qu'il deviendrait pilote de ligne pour vivre dans les nuages. Et voilà qu'aujourd'hui, il avait des ailes !

Assis devant son écran, il regarda la lucarne vierge de son nouvel article clignoter. Que devait-il écrire ? Comment présenter les choses ? Il fallait être assez subtil pour que seul Eyver comprenne ce qui se passait. Ce n'était pas simple de trouver les mots...

Alors qu'il s'apprêtait à se lancer, son téléphone sonna. Il jeta un œil sur le nom qui s'affichait. C'était le délégué de classe ! Il sortait du conseil ! Zec décrocha, fébrile.

— Allô ?

— Zec, c'est Théo.

— Bonsoir, Théo. Ça y est ? C'est déjà fini ?

— Eh oui ! Et je t'appelle pour écourter ton angoisse.

— C'est cool, merci. Alors ?

— Alors c'est bon, tu passes en S ! Les profs ont trouvé que tu avais vraiment bien remonté tes moyennes au dernier trimestre et selon eux, ça veut dire que tu es capable de fournir des efforts en Première. Par contre, ils te conseillent de travailler plus, sinon tu vas être largué.

Zec ferma les yeux et souffla. Il avait réussi ! Il passait en S !

— Merci, Théo. Je prends note de tout ça...

— Pas de quoi, je te laisse, j'ai un double appel, c'est certainement un autre élève qui vient aux nouvelles.

— Merci encore, bonne soirée... Au fait ! Et Louis ?

— Il passe en S aussi.

— C'est génial ! À demain au lycée !

— Salut !

Zec coupa la communication et regarda son téléphone comme si c'était lui qui avait annoncé la bonne nouvelle. Quel soulagement ! Revenant à sa nouvelle préoccupation, il se tourna vers son écran. Il n'avait toujours pas écrit un mot. Il était temps de lancer une bouteille à Eyver.

UN BLOG QUI ZEC ZAG !

Tout est bien qui finit bien !

Pour écouter la musique des champions, cliquez ici.
I am a champion my friends !

Oyez, oyez braves gens, accourez pour lire la grande nouvelle : JE PASSE EN PREMIÈRE S ! ! ! !

Vous pouvez souffler, je ne vous gaverai plus avec ça, je ne viendrai plus me plaindre que j'ai les méga boules à l'idée de ne pas y arriver. Mais ne vous en faites pas, je trouverai rapidement un autre sujet passionnant pour illuminer vos journées !

Depuis hier, ma vie a changé !

J'ai été malade cette nuit. J'ai passé un sale moment, et ce matin, j'ai eu la certitude de ne plus être le même. Que plus jamais je ne serai le même. Vous vous souvenez de la chanson dont je vous parlais hier ? « I believe I can fly », c'est son titre. Ça veut dire « Je crois que je peux voler ». Eh bien ce soir, j'en suis sûr que je peux voler. Je me sens léger. À croire que des ailes m'ont poussé dans le dos. D'ailleurs, l'un d'entre vous m'a laissé un commentaire ce matin qui me disait que ça allait planer pour moi. Je remercie cette personne pour sa prédiction exacte. J'aimerais bien qu'elle me contacte en privé pour que je puisse en parler avec elle !

Allez trêve de plaisanterie. Ce soir, je vais fêter et savourer ma petite réussite, alors je trinque avec vous ! Tchin !

Zec relut sa prose. Il posta le texte et resta planté quelques minutes devant son écran. Il savait que certains de ses lecteurs recevaient une alerte pour leur signaler qu'un nouvel article était en ligne. En cinq minutes, il aurait des commentaires. Eyver en ferait-il partie ?

Pour faire passer le temps, il mit de la musique. Il réactualisa la page. Rien, pas de commentaire.

Il attendit la fin de la chanson et réactualisa à nouveau.

Posté par Lillylagrenouille à 20 h 04

Yeeeessss ! Bravo mon chéri ! Tu es le meilleur, mais je n'en doutais pas ! Et si, pour fêter ça, tu demandais un billet de train à tes parents ? Je pourrais m'occuper de toi pour faire passer les tensions que tu as accumulées ces derniers jours. Qu'est-ce que t'en dis ? ;-)

Bisous partout mon champion !

Zec rougit en lisant la réponse de Lilly. Même si c'était très tentant, ce n'était pas celle qu'il attendait...

Au bout de dix minutes, il avait deux autres commentaires qui le félicitaient pour sa réussite. Mais aucun n'était d'Eyver. Finalement, sa mère l'appela pour le dîner. En soupirant, Zec se détourna de son ordinateur en espérant qu'à son retour, il aurait le signe tant espéré...

4.

Le lendemain matin, dès qu'il se réveilla, Zec se précipita sur son ordinateur pour savoir si Eyver lui avait enfin répondu. Mais le mystérieux contact n'avait pas laissé le moindre commentaire sur son blog.

Il était déçu et inquiet. Il avait espéré que, grâce à lui, il arriverait à avoir toutes les réponses. Il se raccrochait à cette idée comme à une branche de salut : si cet Eyver ne se manifestait plus, Zec ne saurait jamais pourquoi il était différent. Il passerait le reste de sa vie avec ses ailes et le mystère qui les entourait.

Il ne savait plus quoi imaginer, quoi faire, tout était trop embrouillé. Il devait aller courir ; il fallait qu'il se défoule, qu'il dilue les pensées qui l'obsédaient dans l'effort, la fatigue, la musique. Il s'habilla pour son jogging mais avant, observa ses ailes dans le miroir. Elles étaient toujours couvertes de ce duvet blanc, fin et doux et elles avaient indéniablement poussé. À présent, elles lui arrivaient largement dans le milieu du dos. Il les déplia et les fit battre un peu. Quand elles bougeaient, elles caressaient sa peau d'un léger courant d'air. Pour l'instant, il ne pouvait pas voler, elles étaient encore trop petites, mais il sentait déjà la puissance qu'elles dégageaient.

Malgré l'angoisse qu'il ressentait à leur vue, une pointe d'excitation le traversait. Il les imaginait à leur taille définitive et était envahi bien malgré lui d'un sentiment d'exaltation, d'un vertige à l'idée que, bientôt, il pourrait peut-être voler, s'élancer dans l'immensité du ciel, se gorger de liberté...

En attendant, il devait garder les pieds sur terre et dépenser cette énergie phénoménale qui bouillonnait en lui. Comme tous les samedis matin, ses parents s'accordaient une grasse matinée bien méritée après une semaine de travail intense. Zec sortit de chez lui en silence et se mit à courir tout de suite. Le ciel était bleu clair, sans nuages, les oiseaux pépiaient pour accueillir la lumière.

C'est à grandes foulées qu'il entama son parcours : il contournait la cascade, suivait le canal et ses canards, passait sous le saule pleureur, grimpait sur la colline, redescendait vers la grande pelouse où les gens se prélassaient au soleil durant la journée.

Pour le moment, il n'y avait pas grand monde. Un

jardinier coupait une haie d'un air nonchalant, une maman lisait sur un banc près d'un bébé qui dormait dans une poussette, un homme dans une chaise roulante, une casquette sur la tête, jetait du pain aux canards. Zec passa devant lui à grandes foulées, une chanson entraînante dans les oreilles.

Il fit un tour complet puis en enchaîna un second. Le jardinier avait changé de massif, la maman était partie, l'homme en chaise roulante était toujours là, mais cette fois tourné vers Zec qui sentit son regard perçant le fixer par-dessous la visière de sa casquette. Un sentiment de culpabilité le saisit, celui de pouvoir cavaler sans difficulté comme il le faisait alors que l'homme ne connaîtrait plus jamais la sensation d'avancer sur ses deux jambes. Qu'est-ce qui avait pu lui arriver pour finir dans un fauteuil ? Comme chaque fois, Zec se demanda comment lui vivrait une situation pareille.

Il allait commencer un troisième tour quand la musique cessa brusquement dans son iPod. Il y jeta un coup d'œil.

— Mince, j'ai oublié de le recharger ! s'exclama-t-il.

Il ralentit un peu, mais décida de continuer quand même. Il repassa devant le jardinier qui avançait son travail doucement. La maman avait été remplacée par une femme âgée qui feuilletait un magazine. L'homme en fauteuil roulant avait disparu. Zec arriva au niveau de la grande pelouse. C'est alors qu'il entendit le crissement étrange sur les cailloux, désormais familier. Il s'arrêta net, se retourna et le vit qui roulait derrière lui sur son fauteuil. C'étaient ses roues qui grinçaient sur le chemin de gravier et de poussière. Sa mémoire se remit en marche, il se rappela enfin où il avait entendu ce bruit : dans un rêve, la nuit où ses ailes avaient poussé. C'était ce crissement qui s'était approché de lui et, alors, quelqu'un l'avait poussé dans le dos...

Il se retourna vers l'homme dans sa chaise roulante. Il avait enlevé sa casquette et l'avait posée sur ses genoux. Son crâne glabre luisait au soleil. Ses yeux, profondément enfoncés dans leurs orbites, étaient perçants, dérangeants même. Il fixait Zec avec intensité et curiosité.

— Bonjour, Ézéchiel. Je savais que je te trouverais ici ce matin. Tu sais que je te vois courir presque tous les jours ? Tu as une endurance étonnante, mais qui ne me surprend pas.

Zec ne sursauta même pas en entendant l'inconnu s'adresser à lui de cette manière. Il avait deviné qui il était.

— Eyver ?

L'homme inclina la tête.

— C'est bien moi. J'ai vu que tu voulais me parler sur ton blog, alors me voici. Il est temps que je me dévoile.

— Qui êtes-vous ? demanda Zec en essuyant le filet de sueur qui coulait sur son front avec le bas de son t-shirt.

— Je suis Eyver, le Passeur. N'as-tu pas une autre question à me poser ?

Zec ne dit rien. Il hésitait. Il en avait des dizaines, mais la seule qui lui vint à l'esprit fut :

— Qui suis-je ?

Eyver sourit.

— Tu es Ézéchiel, tu as des ailes dans le dos et une mission importante à accomplir sur cette Terre.

Zec frissonna. Il était bel et bien un X-Man et l'homme devant lui était le professeur Xavier, c'était évident ! Bientôt, il allait rencontrer d'autres personnes comme lui et ensemble, ils sauveraient la Terre ! C'était à perdre la tête !

Eyver resta silencieux. Zec, tout à ses impressions, ne pouvait pas deviner les vagues d'émotions qui traversaient l'homme à cet instant. Il avait attendu ce moment tant d'années. Il l'avait espéré, imaginé. Un million de fois, il avait répété intérieurement ce qu'il dirait à Zec ce fameux jour. Mais maintenant qu'il avait le jeune garçon face à lui, il perdait ses mots et se demandait comment lui raconter...

Pour cacher son trouble, il remit son fauteuil roulant en marche. Il était électrique et il lui suffisait d'appuyer sur un bouton pour avancer. Zec le suivit, calquant sa vitesse sur la sienne.

Enfin, Eyver prit la parole.

— J'espère que tu n'as pas eu trop mal quand tes ailes sont sorties.

Zec grimaça.

— Si, j'ai eu mal, et surtout très peur.

Il frissonna en se remémorant la nuit de cauchemar qu'il avait vécue.

— J'imagine. En principe, tu n'aurais pas dû être seul pour ce moment important de ta vie. Si tout s'était passé normalement, tu aurais été entouré et tu aurais reçu un breuvage pour atténuer ta souffrance.

— Si tout s'était passé normalement ?... répéta Zec en cherchant ce qu'il pouvait y avoir de normal à sentir des ailes pousser dans son dos.

Mais Eyver répondit par une autre question :

— À quoi penses-tu maintenant qu'elles sont là ? Qu'imagines-tu ?

— J'ai cru que j'étais un X-Man, comme dans les comics et les films.

Eyver rit doucement.

— Je n'y aurais pas pensé, mais maintenant que tu le dis... Les coïncidences sont troublantes. Non Zec, tu n'es pas un X-Man. As-tu pensé à une autre théorie ?

Le jeune homme réfléchit. Il avait peur de se sentir stupide. Mais il murmura :

— J'ai aussi imaginé que j'étais un extraterrestre.

Cette fois, Eyver ne sourit même pas. Il relâcha la pression sur le bouton de sa chaise et s'immobilisa. Zec fit de même, le cœur serré.

Eyver prenait son temps pour répondre, alors Zec, exaspéré, le devança :

— Non, non, cette fois je ne marche pas. Ne me balancez pas un truc comme ça, je ne vous croirais pas.

Eyver eut un bref sourire.

— Je te comprends, mon garçon. Pourtant, c'est la vérité : tu viens bien d'un autre monde.

La gorge de Zec devint très sèche. Dire qu'il avait tant espéré de cette rencontre ! Et voilà qu'il tombait sur un vieux fou malade qui lui débitait des sornettes. Il n'avait qu'une envie : se remettre à courir et s'éloigner le plus possible de ce dingue. Pourtant, il ne bougea pas. Ses ailes frémissantes dans son dos étaient la meilleure preuve que ce qu'il croyait possible ou vrai ne l'était pas forcément.

— Ézéchiel, c'est compliqué à expliquer mais toi et moi venons d'ailleurs.

Eyver remit son fauteuil en marche. Zec lui emboîta le pas. Il fixait le crâne glabre de l'homme qui brillait au soleil, cherchant dans le grain de sa peau quelque chose qui lui prouverait qu'il disait vrai, qu'il venait d'ailleurs. Pourtant, il semblait, tout comme Zec, absolument humain, terrien même.

— J'ai des ailes moi aussi, tu sais.

Le jeune homme sursauta.

— Vraiment ? Alors pourquoi avez-vous besoin d'un fauteuil ?

Aussitôt cette question posée, il se mordit l'intérieur de la joue. Il se sentit stupide et impoli.

Mais Eyver ne sembla pas offusqué par la réaction de Zec. Il sourit tristement et soupira.

— Hélas, elles se sont atrophiées avec le temps, tout comme le reste de mon corps.

— Je... Je suis désolé.

— Tu n'as pas à l'être, mon garçon. Tes questions sont légitimes. Cela fait bien longtemps que je n'ai pas connu le bonheur de marcher, ni de voler.

— Voler... murmura Zec.

— Oui ! Un peu de patience, elles vont pousser assez vite maintenant qu'elles sont sorties. Elles ne peuvent apparaître avec leur taille définitive, sinon cela serait encore plus douloureux ! Tiens, regarde, j'ai quelque chose à te montrer.

Eyver s'arrêta encore. Il jeta un regard oblique aux alentours, mais il n'y avait qu'eux dans ce coin du parc. Il enfonça sa main dans la poche de sa veste, en sortit un petit cube noir qu'il introduisit dans un espace situé sur le bras gauche de sa chaise. Aussitôt, un rayon lumineux jaillit du fauteuil et les enveloppa, formant un dôme qui se colora en un camaïeu de mauves.

Des points lumineux clignotaient dans cette toile. Zec eut l'impression d'être sous la voûte d'étranges cieux.

— Voici le ciel de Chébérith. C'est Larchael qui s'est amusé à faire quelques petites vidéos de notre monde avant que nous le quittions, pour nous constituer des souvenirs. Il ne m'en reste plus que quelques-unes qui fonctionnent et celle-là est ma préférée. Là, regarde !

Deux silhouettes ailées apparurent dans le champ de vision de Zec et planèrent au-dessus de sa tête. Il entendit des voix lointaines, des rires. Le souffle d'une brise légère et des arbres bruisser. Mais il ne pouvait pas les voir.

Puis l'image disparut et le parc autour d'eux reprit sa densité. La palette de ses verts éclata aux yeux de Zec qui cligna des paupières en tentant de reprendre pied dans la réalité. La vision de ce ciel était tellement réelle, tellement palpable qu'il se sentait désorienté.

— C'est dommage, le film est abîmé. Il était plus long avant. Mais il me permet parfois de replonger avec délice dans l'ambiance des couchers de soleil de Chébérith.

— Chébérith ?

— C'est le nom du monde d'où je viens. D'où *tu* viens également.

— C'est impossible...

Eyver passa une main déformée sur son crâne. Une grande tristesse s'était posée sur son visage et ses yeux étaient plus que jamais enfoncés dans leurs orbites.

— Oui, cela peut paraître impossible, et pourtant, c'est la vérité. Tu as été conçu sur un autre monde, Ézéchiel, et les quelques cellules qui te constituaient à l'époque ont fait un drôle de voyage jusqu'à la Terre pour échapper à l'oubli et à la mort.

— Mais... mes parents ?

— Tes parents ne sont pas comme toi, ils ne sont pas tes géniteurs. Ils n'en savent rien. Ta mère t'a porté et aimé comme toutes les mères. Mais tu n'es pas son fils biologique.

Zec sentit sa tête tourner, ses jambes flageoler dangereusement. Imaginer que sa mère, dans les bras de laquelle il s'était réfugié toutes ces années, et son père, dans la main duquel il avait glissé la sienne avec tant de confiance, n'étaient pas ses parents, c'était impossible ! Il les aimait tellement ! Il devait arrêter d'écouter ce fou !

Il recula en titubant ; son cœur battait à tout rompre.

Eyver avança sa main, comme pour le retenir.

— Zec, écoute-moi...

— Non, non, laissez-moi, siffla Zec entre ses dents.

Il recula encore, manquant de perdre l'équilibre.

— Laissez-moi. Laissez-moi !

Il avait hurlé ces derniers mots avant de faire demi-tour et de s'enfuir, les yeux baignés de larmes, des sanglots remontant dans sa gorge.

Il entendit le grincement des roues du fauteuil sur le gravier avant de sortir du parc et de monter se réfugier chez lui.

Il franchit le seuil de son appartement et referma la porte derrière lui, appuyant son dos contre cette barrière qui délimitait son univers quotidien, rassurant. Il sentait ses poumons en feu, sa tête prête à exploser.

— Zec, c'est toi ?

La voix de sa mère le fit tressaillir. Il inspira longuement pour éviter que la sienne ne le trahisse.

— Oui maman, c'est moi.

— Tu viens prendre le petit-déjeuner avec nous ?

— Je prends une douche et j'arrive.

Il se glissa jusqu'à la salle de bains et s'y enferma, toujours tremblant et au bord de la nausée. Ses pensées valsaient dans son esprit, cognaient sur les parois de son cerveau, rebondissaient, disparaissaient pour revenir. Que devait-il croire de ce que lui avait raconté Eyver ? Était-il un fou mythomane qui avait monté toute cette histoire après avoir lu par hasard le blog de Zec ?

C'était impossible. Il ne pouvait pas avoir deviné que ses énormes boutons deviendraient des ailes. Il le savait. C'est donc qu'il détenait forcément une part de vérité. Mais celle-là... Elle était impossible à accepter ! Zec étira une aile et l'observa du coin de l'œil.

— Qui es-tu ? Pourquoi es-tu collée dans mon dos ? murmura-t-il à la peau blanche et duveteuse qui dégoulinait d'eau.

Un peu calmé, il finit par rejoindre ses parents attablés dans la cuisine. Leurs voix familières l'aidèrent à ranger ses angoisses dans un coin de sa tête. Il fut saisi d'une grande bouffée d'amour pour eux. Il s'assit à côté de sa mère, chipa une tranche de pain dans son assiette et la beurra.

— Tu veux un peu de café, fils ? demanda son père.

— Papa, je te rassure, je n'ai pas commencé à aimer le café miraculeusement pendant la nuit.

— Je pouvais toujours tenter ! En vieillissant, tu apprendras à aimer ça !

Zec sourit. Il attendait la suite...

— Quand j'avais ton âge... enchaîna son père.

C'était parti pour dix minutes de souvenirs fleuves, qu'il avait déjà entendus des centaines de fois.

Il croisa le regard exaspéré et amusé de sa mère qui lui fit un clin d'œil.

Zec sourit.

Il passa le reste de son samedi à ne rien faire. Il se sentait vidé de toute énergie. Pour échapper aux pensées tourbillonnantes qui remontaient régulièrement à l'assaut de son esprit, il trouva refuge dans le sommeil : la nuit mouvementée durant laquelle ses ailes avaient poussé avait laissé des traces de fatigue, et il fit une longue sieste réparatrice.

À son réveil, il se posta un moment devant son ordinateur, cherchant des traces de ce Chébérith dont lui avait parlé Eyver. Sans succès : ce nom était introuvable. Il explora également les sites qui soutenaient la théorie de l'existence de la vie ailleurs dans l'univers, sans résultat concluant. Rien n'apportait la moindre preuve à l'histoire de l'homme en fauteuil roulant. Zec devait décider tout seul s'il était prêt à accepter tout cela ou non. C'était un poids énorme qui pesait sur ses épaules.

Finalement, en début de soirée, Louis l'appela pour lui proposer de voir un DVD chez lui, accompagné d'une pizza surchargée de fromage et de merguez piquantes. Zec monta les étages qui séparaient leurs deux appartements. Il réfléchissait à ce qu'il devait faire. Depuis tout petit, il partageait tout avec son meilleur ami, les bons moments comme les mauvais. Il n'avait pas l'habitude de lui dissimuler quoi que ce soit. L'arrivée de ses ailes était un bouleversement suffisamment important pour que le besoin d'en parler le torture.

Par une étonnante coïncidence, Louis avait loué le film des X-Men ! Quand il vit le boîtier du DVD, Zec éclata de rire. Décidément, tout devait lui rappeler sa bizarrerie ! Ils s'installèrent sur le canapé, ou plutôt, s'affalèrent entre les coussins en engloutissant d'énormes bouchées de pizza.

Louis adorait commenter les films qu'il voyait et faisait des remarques, critiquant le scénario, le casting, le jeu de l'actrice principale. Zec, quant à lui, observait le visage qu'on avait donné au professeur Xavier. Ce dernier était sur une chaise roulante, et avait le crâne glabre. Mais alors que ce personnage avait juste perdu l'usage de ses jambes, Zec comprit qu'Eyver était malade. Il avait les traits usés, le teint pâle, les mains tordues, déformées et, en plus de l'absence de cheveux, il n'avait ni cils ni sourcils.

Zec hésita un moment, puis ce fut plus fort que lui. Il interrompit son ami.

— Louis, tu crois que ça peut vraiment exister, les mutants ?

— Bien sûr ! L'homme est déjà un mutant à lui tout seul par rapport à l'histoire de l'évolution. Alors je ne vois pas pourquoi il ne continuerait pas à muter !

— Et si tu en rencontrais un, tu penserais quoi ?

— Un mutant ? Je trouverais ça trop cool ! J'aimerais bien en être un moi-même !

— Tu crois ?

— Ouais, c'est trop la classe d'avoir des super pouvoirs !

— Tu n'aurais pas peur d'être trop différent ? Du regard des autres ?

Louis fronça les sourcils. Dans le film, justement, on voyait comment la famille d'un superhéros le rejetait en raison de ses bizarreries.

— À mon avis, c'est quelque chose qu'on ne peut pas dire à tout le monde. Il faut pouvoir faire confiance aux personnes à qui tu te confies.

Zec prit une profonde inspiration.

— Et si je te disais que j'étais un X-Man, tu le prendrais comment ?

Louis le regarda, sans la moindre trace de moquerie. Ils avaient souvent eu ce genre de discussions après avoir vu des films. Ils avaient parlé, une nuit entière, de Superman, de la gestion de sa double personnalité et de Loïs Lane. Ils se demandaient si ce n'était pas son inconscient qui l'empêchait de se rendre compte que derrière les lunettes de Clark Kent se cachait le héros dont elle était amoureuse.

— Si tu étais un X-Man, je trouverais ça génial ! Mon meilleur pote, un mutant ! Mais tu aurais quel pouvoir ?

Zec regarda son meilleur ami de toujours droit dans les yeux.

— Louis, je suis un mutant.

Avant que Louis pût dire quoi que ce soit, Zec ôta son t-shirt et se retourna, offrant son dos ailé à la vue de son camarade.

Les yeux de Louis s'écarquillèrent. Il ouvrit la bouche, prêt à dire quelque chose, mais la referma aussitôt et regarda les ailes battre doucement dans le dos de son ami. Sans un mot, il avança sa main pour les toucher du bout des doigts. Enfin, il retrouva sa voix.

— Zec, c'est des vraies... Comment ça se fait ?

— Je ne sais pas, Louis.

Et il éclata en sanglots. La tension qu'il avait accumulée depuis des jours, la solitude dans laquelle il s'enfermait malgré lui, l'angoisse générée par les révélations qu'Eyver avait commencé à lui faire, tout jaillissait d'un coup, comme si son aveu avait rompu un barrage.

Louis prit la main de Zec et la serra fort. Il savait qu'il n'était pas un faible, qu'il ne pleurait pas souvent, et quand ça lui était arrivé, il avait toujours été là pour soutenir son ami. Il le laissa pleurer, tout en jetant des coups d'œil furtifs aux ailes qui pendaient à présent tristement. Il fit le lien avec les gros boutons dont Zec lui avait parlé, la blague de Mosquito-Man. Il se disait que lui aussi, s'il s'était réveillé un matin avec une telle bizarrerie, il aurait été effrayé et bouleversé.

Zec pleura longuement, et sans honte. Devant Louis, il pouvait tout se permettre. Puis il se calma et s'essuya le visage avec le t-shirt qu'il avait roulé en boule sur le canapé.

— Je suis mort de trouille, Louis. Je ne sais pas quoi faire, je ne sais pas pourquoi je suis comme ça. Ça me fait peur.

— Je veux bien te croire, souffla Louis. Tu n'as pas une petite idée ?

— J'ai rencontré cet homme, Eyver, qui a commencé à me raconter des trucs bizarres. Il a parlé d'un autre monde, d'où je viens... Et que mes parents ne sont pas vraiment mes parents... C'était trop flippant, je me suis enfui. Je ne voulais plus l'écouter.

Louis resta silencieux un moment.

— Il ne t'a rien dit d'autre ?

— Je ne lui en ai pas laissé le temps. Je me suis tiré en le laissant tout seul sur son fauteuil dans le parc. Tu... Tu crois que j'ai eu tort ?

— Non, j'aurais fait la même chose que toi. Je ne sais même pas si j'aurais survécu à l'apparition des ailes. Mais je pense que tu dois l'écouter jusqu'au bout.

— Tu crois qu'il dit la vérité ?

— Zec, tu as des ailes dans le dos. Il y a de fortes chances pour qu'il sache des choses.

— Mais...

— Écoute, tu dois entendre tout ce qu'il a à te dire. Ensuite, tu te feras ta propre opinion et tu décideras de le croire ou pas.

Lentement, Zec se laissa aller contre le dossier du canapé. C'était déjà ce qu'il pensait, mais que Louis suive le même raisonnement le rassurait.

— Tu as raison. Je dois savoir... Demain, je retournerai au parc, je verrai s'il est là. Il m'a dit qu'il m'observait depuis longtemps.

— C'est une bonne idée. Et s'il n'est pas là, tu le contacteras autrement.

Zec hocha la tête, perdu dans ses pensées.

— Tu peux voler ? finit par demander Louis.

— Pas encore, elles n'ont pas atteint leur taille définitive. Mais quand elles seront assez grandes, je pense que oui.

— C'est dingue... Et ça fait mal ?

— Non, plus maintenant, mais la nuit où elles sont sorties, j'ai cru que j'allais mourir.

— Pourquoi tu ne m'as rien dit avant ? J'aurais pu t'aider, te soutenir.

— J'avais tellement peur, si tu savais, je ne comprenais pas ce qu'il m'arrivait. J'avais peur que tu me rejettes, que tu me voies comme un monstre.

— J'avoue que ça fait super bizarre de te voir avec des ailes, mais je sais que tu n'es pas un monstre. Je te connais depuis trop longtemps. Et je suis content que tu m'en aies parlé. Je te jure que je ne te prendrai jamais pour un monstre et que je garderai ton secret. Tu l'as dit à tes parents ?

— Non. Je n'ai pas osé. Et si ce que Eyver m'a dit est vrai...

Zec aspira une grande goulée d'air pour éviter de se remettre à pleurer.

Louis hocha la tête d'un air entendu.

— En même temps, je trouve ça cool, moi que tu sois un X-Man. Je suis même jaloux. Pourquoi c'est toi et pas moi ? Pourquoi je peux pas avoir un truc dingue qui m'arrive à moi aussi ?

Zec sourit. Il se sentait beaucoup plus léger de partager son secret et la réaction de Louis le faisait rire.

— Fais-moi confiance, ce n'est pas si génial que ça. Je ne pourrai plus jamais me balader torse nu, je ne pourrai plus jamais me faire masser le dos par les filles de la classe, je ne sais même pas comment je vais faire quand je devrai aller voir le médecin. Si on le découvrait, va savoir ce qu'il pourrait se passer : on me capturerait, m'étudierait sur toutes les coutures, on ferait des expériences bizarres sur moi. Je préfère les cacher.

— Ouais, j'avais pas pensé à ça. Finalement, ça n'a pas que des bons côtés. Mais je suis sûr que quand tu pourras voler, tu vas trouver ça pas mal du tout.

Zec sourit. C'est vrai qu'il avait hâte de s'envoler. Il espérait que ses ailes seraient assez grandes et fortes pour le faire décoller.

— Tu veux dormir ici ? lui demanda Louis. Ça te changerait les idées en attendant demain.

— Oui, c'est une bonne idée !

Ils se replongèrent dans l'histoire des X-Men, mais imaginaires, ceux-là...

5.

Le dimanche matin, Zec se sentit bien plus léger qu'il ne l'avait été les jours précédents. Il avait parlé une bonne partie de la soirée avec Louis, lui racontant ce qu'il avait vécu la fameuse nuit où ses ailes avaient poussé, comment il avait trouvé Eyver sur son blog, puis leur rencontre.

Au début de la matinée, Zec décida que l'heure de partir était venue. Il espérait que Eyver serait dans le jardin sur son fauteuil, en train de nourrir les canards. Louis lui souhaita bonne chance.

— Je serai là à ton retour. Je pense que tu auras besoin de parler.

Zec hocha la tête silencieusement.

Le cœur battant la chamade, il pénétra dans le parc. Une légère brise faisait frissonner les arbres surchargés de feuilles d'un vert éclatant. Il y avait plus de monde que la veille. Déjà, des familles avaient étalé des couvertures sur la pelouse et une ribambelle d'enfants galopaient dans tous les sens, en poussant des cris de joie. Zec scruta le bord du canal. Eyver n'y était pas.

Il s'enfonça sous les arbres, guettant la moindre silhouette familière. Finalement, il l'entendit avant de le voir. Le grincement des roues sur le gravier lui fit tourner la tête. Il était là-bas ! Il roulait vers une petite partie du jardin isolée, où des fleurs bleues dégringolaient de poutrelles autour desquelles elles entortillaient leurs tiges.

Il le rattrapa en quelques secondes.

— Eyver !

L'homme stoppa son fauteuil et le fit pivoter.

— Ézéchiel, tu es revenu ! Je l'espérais.

— Moi aussi, j'espérais vous revoir, murmura Zec.

Il ne savait pas s'il se sentait soulagé ou paniqué de se retrouver devant cet étrange personnage.

— Je... Je suis désolé pour hier, continua-t-il, n'osant pas le regarder dans les yeux.

— Non, c'est moi qui suis désolé. Tu vois, j'ai imaginé notre rencontre des centaines de fois, j'ai répété mon discours tout aussi souvent, mais j'ai perdu mes moyens hier et j'ai été très maladroit. Je suis heureux que tu me donnes une chance de me rattraper.

— Je veux savoir... Tout. Ensuite, je verrai si je vous crois ou non.

Eyver esquissa un bref sourire.

— Sage décision. Viens, assieds-toi cette fois. Nous allons tout reprendre depuis le début.

Zec s'assit sur le banc que lui désignait Eyver, qui tourna son fauteuil de manière à lui faire face. Dans ce coin reculé, les bruits du parc leur parvenaient assourdis.

Ils restèrent silencieux tous les deux un long moment. Enfin, Eyver passa une main sur son front et se lança.

— Chébérith. Tu as entendu ce nom hier. C'était un monde magnifique, extrême, violent et doux à la fois. Ses océans étaient profonds, d'un mauve foncé qui reflétait le ciel. À sa surface, on pouvait apercevoir la forme des Agrales géantes nageant en troupes. Ses montagnes étaient immenses, et quand le vent soufflait entre les monts Livour, il faisait chanter les roches brunes. Et puis les parfums subtils de fleurs, la musique de la nature... Tout n'était qu'harmonie... Le soir, les deux lunes se levaient l'une après l'autre. D'abord Chanar, la rose, puis Luet, la blanche. De leur ballet mystérieux, de nombreuses légendes sont nées. C'était le moment où les Chébériens ouvraient leurs ailes pour une promenade nocturne et où l'on pouvait voir leurs ombres passer devant les lunes. C'était aussi un monde qui ressemblait étrangement à la Terre, par certains côtés.

— Vous en parlez au passé...

Eyver hocha la tête.

— Tu as raison. Car Chébérith n'existe plus aujourd'hui. Il a été effacé.

— Effacé ? Comment ça ?

— J'y viens. Notre civilisation était beaucoup plus ancienne et, de ce fait, plus avancée que celle des Terriens. Nous vivions dans la paix, l'harmonie, la recherche de la beauté et du raffinement. Nous étions arrivés à un point où nous nous préoccupions de peu de choses, la technologie nous offrait tout ce dont nous avions besoin. C'est pourquoi nous n'avons remarqué que trop tard que l'Avaleur de Mondes avait commencé son travail.

Zec releva la tête. Un frisson intense courut le long de sa colonne vertébrale au son de ce nom, « Avaleur de Mondes ». Pourtant, il n'avait aucune idée de ce que cela pouvait être.

— L'Avaleur de Mondes, continua Eyver, c'est ainsi que nous le nommions sur Chébérith. J'imagine que d'autres, dans l'univers, l'appellent autrement. Il est la Destruction, le vide, la non-vie. Il est né en même temps que tout. Au moment de l'Éclatement, du Big Bang, si tu préfères. Lui aussi a été éjecté de la Prime Création. Il est son pendant, son reflet noir. Il n'est pas mauvais, il est juste là, accomplissant sa mission, remplissant le rôle que l'univers lui a assigné.

Aussitôt, l'image du Yin et du Yang apparut dans l'esprit de Zec. Mais déjà, Eyver enchaînait :

— Il a commencé à détruire Chébérith sournoisement. Des éléments de notre monde disparaissaient sans même que nous nous en apercevions. Nous étions trop bercés de douceur pour être à l'affût, pour sentir la menace. Nos mémoires de Chébériens s'effaçaient, nos âmes se diluaient, nous étions en train de disparaître. Le néant a grignoté la vie chaque jour un peu plus. Notre monde, si magnifique, se fondait en lui, et nous avec.

— Alors vous êtes venus sur Terre ? demanda Zec.

Il était désormais fasciné par cette histoire. Il revoyait la brève vision qu'Eyver lui avait projetée la veille.

— Pas tout à fait. Seuls quelques Chébériens sont venus ici.

— Et vous êtes combien ?

— Pour le moment, la seule chose dont je sois sûr, c'est que nous ne sommes que deux, Zec. Toi, et moi.

Le pépiement des oiseaux se fit plus aigu dans le silence.

— Et les autres ?

La voix de Zec n'était plus qu'un filet timide.

— Ils ont tous disparu. Quand nous nous sommes rendu compte que l'Avaleur de Mondes était là, il était déjà trop tard, nous ne pouvions plus l'arrêter, cela aurait demandé trop d'énergie, trop de temps, et nous n'en avions plus assez. Alors nous avons réfléchi à une autre solution. Il fallait faire vite, mais nous l'avons trouvée. Puisque c'est notre mémoire qui s'effaçait, nous avons décidé de conserver tous les souvenirs, tout ce qui constitue notre monde. Nous avons commencé par numériser, comme on dit sur Terre, les Chébériens.

Zec fronça les sourcils.

— Numériser des gens ? C'est impossible !

— Sur Terre, oui, mais chez nous, cette technologie existait déjà depuis longtemps. On avait l'habitude de graver la mémoire des anciens avant leur mort, pour conserver la trace de leur savoir et de leur sagesse. Mais il n'était pas permis d'utiliser ce procédé pour faire renaître les défunts. Le cycle de la vie devait être respecté, pour laisser la place aux nouvelles générations. Là, cette restriction a été balayée, sans même que la question ne se pose. Il fallait sauver un maximum de Chébériens. Alors, pendant de longues semaines, ceux qui restaient, ceux qui n'avaient pas encore trop oublié se sont présentés dans des centres médico-cybernétiques pour imprimer leur trace dans une puce. Au moment du transfert de leurs données, le « virus » implanté par l'Avaleur de Mondes était filtré afin que les Chébériens ne portent plus cette tare au moment de leur renaissance. Après cette sauvegarde, ils repartaient affronter l'oubli, avec l'espoir d'un jour meilleur, où ils pourraient vivre avec leur passé et leur avenir...

Puis nous avons fait pareil avec tout le reste de notre monde...

— Incroyable, murmura Zec. Vous avez toute votre planète dans un ordinateur ?

Il ne parvenait pas à imaginer une chose pareille : cela dépassait son entendement de Terrien.

Eyver sourit fugacement.

— Non, il fallait quelque chose de plus discret. L'ensemble de ces puces a été consigné dans des Livres. Trois Livres précisément, que nous avons baptisés les Livres-Monde.

Il marqua une pause, puis enchaîna :

— Pour en assurer la sécurité, il fallait cacher ces Livres. Sur Chébérith, c'était impossible : la planète se délitait à toute vitesse, et bientôt, il n'en resterait rien, les Livres-Monde allaient être détruits de la même manière. Nous avons alors eu une deuxième idée folle : cacher les Livres dans une autre partie de l'univers, loin de l'Avaleur de Mondes.

Des images du film de Superman, avec le petit Kal-El voyageant à travers l'univers dans un vaisseau, traversèrent l'esprit de Zec. Mais visiblement, Eyver n'était pas arrivé sur Terre de cette manière :

— Quelques années auparavant, des scientifiques avaient découvert comment ouvrir un passage entre la Terre et Chébérith. Ils avaient visité ce nouveau monde, et en étaient revenus éblouis ainsi qu'étonnés par les similarités entre les deux planètes. Les Terriens nous ressemblaient à l'exception des ailes. En fait, la Terre était comme la lointaine jumelle de Chébérith. Malheureusement, l'énergie demandée pour ouvrir un passage était telle que la décision fut prise de tout stopper et de trouver un autre moyen pour créer une ouverture plus économique.

Eyver s'arrêta et scruta le visage de Zec.

— Ça va ? Ce n'est pas trop dur ?

— Non, répondit le jeune homme, continuez !

Le Passeur sourit. Pourtant, ses traits s'étaient creusés à mesure qu'il parlait. Ses yeux, enfoncés dans leurs orbites, semblaient disparaître. Seule une lueur fiévreuse brillait au fond des cavités sombres.

— Quand il est devenu urgent de cacher les trois Livres-Monde, nous avons pensé à la Terre. Mais pour que le plan soit complet, il fallait également des personnes pour les cacher et d'autres pour les ouvrir, un jour.

— C'est votre rôle ? C'est pour ça que vous êtes le Passeur ?

— En partie seulement, Zec. Nous avons ouvert le passage vers la Terre une ultime fois, et nous sommes venus, quatre Chébériens, pour cacher les Livres. Mais nous étions déjà infectés par l'Avaleur de Mondes. Nos mémoires, nos âmes s'émiettaient jour après jour et il ne nous était pas possible de faire machine arrière. Nous avons donc sélectionné deux embryons de quelques cellules exempts de toute influence de l'Avaleur de Mondes, nous les avons génétiquement modifiés pour qu'ils soient protégés de l'oubli et nous les avons emmenés avec nous sur Terre, espérant les faire naître et grandir ici pour qu'un jour, ils soient capables de retrouver et de réveiller les Livres-Monde afin de ressusciter Chébérith.

— Si je fais le lien avec ce que vous m'avez dit hier... l'un de ces embryons est devenu moi, n'est-ce pas ?

— Exact, mon garçon. C'est toi.

— Mais c'est impossible ! C'est là où j'ai du mal à vous suivre. Comment avez-vous fait pour que je naisse ici ?

Malgré tout, Zec refusait encore de croire que ses parents n'étaient pas... ses parents ! Il guettait la faille dans l'histoire qui pourrait le rassurer sur ses véritables origines.

Eyver soupira. Il sembla encore plus épuisé, il était blanc et ses mains tremblaient sur les accoudoirs de son fauteuil.

— Vous allez bien ? demanda Zec, inquiet.

— Ça va aller. Je dois finir. Je me reposerai plus tard.

L'homme inspira profondément et continua :

— Sur Chébérith, j'étais médecin et, une fois sur Terre, il n'a pas été trop compliqué de me constituer une fausse identité de docteur. J'ai appris le français, je me suis fondu dans la population. Je suis rapidement devenu un vrai Terrien ! J'étais arrivé ici avec les deux embryons fécondés in vitro et congelés en attendant leur heure. Pour arriver à mes fins, je me suis fait embaucher dans un centre de procréation médicalement assistée et je suis parvenu à faire réimplanter les deux embryons qui venaient de Chébérith. L'un d'entre eux a donné toi, Ézéchiel.

Zec frissonna, il n'arrivait toujours pas à se faire à cette idée. Il avait l'impression, depuis le début, qu'on lui parlait de quelqu'un d'autre, d'un héros de BD ou de film.

— Tes parents avaient du mal à concevoir un enfant alors ils sont passés par la fécondation in vitro. L'embryon qui a été implanté dans l'utérus de ta mère n'était pas le leur. Aucun des embryons venant de tes parents n'était viable. C'est pour cela que je les ai choisis. Je t'ai suivi de loin, priant pour que la grossesse de ta mère se passe bien, pour que tu grandisses correctement. J'attendais le jour où tes ailes pousseraient, ce jour où tu comprendrais que tu n'es pas comme les autres, où je pourrais venir te parler. Et il est arrivé. À présent, tu dois remplir la mission qui t'a été assignée avant même ta naissance : trouver les trois Livres-Monde et recréer Chébérith.

Zec resta silencieux, intégrant tout ce qu'il venait d'apprendre. C'était complètement fou, et pourtant, il savait qu'Eyver ne mentait pas. Il n'aurait su dire pourquoi, mais son instinct lui criait que toute cette histoire était vraie. Avant de creuser le douloureux problème de ses parents, une question émergea :
— Vous... Vous avez dit que vous êtes venu ici avec deux embryons. Qu'est-il arrivé à l'autre ?

— Il a été implanté chez une seconde femme, quelques semaines après toi. Je n'ai pas pu en savoir plus. Le couple est parti vivre dans une autre ville assez rapidement. Je ne sais pas ce qu'ils sont devenus. J'ai commencé à faiblir peu après et je n'avais pas assez d'énergie pour m'occuper de vous deux en même temps. Alors, comme tu es resté près de moi depuis le début, c'est toi que j'ai suivi de loin.

— Vous pensez que l'autre est en vie ?

— Je n'en sais rien, mais je l'espère. Vous ne serez pas trop de deux pour retrouver les Livres-Monde.

— Où sont les autres Chébériens qui ont caché les Livres ?

— Ils se sont effacés, Zec. Ils étaient contaminés.

— Et pas vous ?

— Si, moi aussi.

— Alors pourquoi vous êtes toujours là ?

— Parce que je prends un traitement pour lutter contre l'effacement. J'ai rapporté une plante de Chébérith, le Mémo. Je la cultive sur ma terrasse et je filtre un breuvage à partir de ses feuilles qui me permet de garder la mémoire. Mais en contrepartie, le Mémo, qui est très toxique, me ronge de l'intérieur, me détruit à petit feu. C'est le prix à payer pour aller au bout de mon rôle de Passeur.

Le visage de Zec refléta l'horreur que lui inspirait cette révélation.

— Vous voulez dire que vous vous rendez malade volontairement depuis toutes ces années ?

Eyver hocha la tête

— Mais... Il n'y avait aucun autre moyen pour vous de garder la mémoire ?

— Non. J'aurais pu écrire tout cela, mais si j'avais été effacé, qui aurait su à qui donner mes textes ? Et puis comment aurais-je pu faire pour les comprendre moi-même si je ne me souvenais plus de rien ? Non, la seule façon de te transmettre les informations, c'était de garder la mémoire et seules les feuilles de Mémo pouvaient m'y aider. J'ai fait mon choix, Zec, je savais ce que je faisais et je l'assume entièrement. Mon corps fonctionne encore assez pour que je puisse être là, face à toi, aujourd'hui. Ma mémoire est activée grâce au Mémo. Si j'arrive à te guider pour faire renaître Chébérith, je n'aurai pas fait cela en vain.

— Comment je vais trouver ces Livres ? Vous savez où ils ont été cachés ?

— Je n'en ai aucune idée, Ézéchiel. Je ne devais pas le savoir. Si jamais l'Avaleur de Mondes découvrait notre plan et retrouvait ma trace, il ne fallait pas que je puisse lui apprendre quoi que ce soit. À partir de cet instant, tu deviens le personnage principal de cette histoire. De plus, les Livres ne peuvent être qu'actionnés par ton ADN, ou celui de l'autre enfant conçu ici. L'avenir de Chébérith repose sur vous. Entièrement.

— Comment je vais faire pour retrouver les Livres si même vous, vous ne savez pas où commencer à chercher ? Et est-ce qu'on est vraiment sûr que les Chébériens ont réussi à les cacher ?

— Je sais que cela ne va pas être facile, Zec. Peut-être même que tu n'y arriveras pas. Mais il faut tout essayer. Tout ce que je peux te dire, c'est que quelques mois après être arrivé sur Terre, j'ai revu Mélior, un Chébérien qui était responsable d'un Livre. Lui-même avait eu des nouvelles des deux autres : tous les Livres-Monde avaient été cachés. Cette partie de la mission avait été remplie correctement. Les Livres n'ont pas été dissimulés dans des lieux inaccessibles, parce que le but, c'est quand même de pouvoir les retrouver. Mais personne ne sait où ils sont. Ce sera à toi de le découvrir.

Eyver baissa la tête, visiblement épuisé par son entrevue avec Zec. Il soupira.

— Ézéchiel, pardonne-moi de gâcher ton innocente adolescence avec ce fardeau. Excuse-moi aussi de te laisser ainsi. Je dois rentrer à présent. Je suis fatigué. Je vais dormir un peu. Le Mémo ne fait plus effet et mon esprit s'engourdit. Tiens, voilà où tu peux me trouver. N'hésite pas à me contacter quand tu veux, à n'importe quel moment du jour et de la nuit. Je suis là pour toi, pour répondre à tes questions, pour te soutenir, pour te guider. Bonne chance, Zec, bonne chance...

Eyver tendit une carte de visite à Zec, fit pivoter son fauteuil, et laissa le jeune homme seul, assis sur le banc, avec toutes ses pensées tourbillonnant et cognant dans son esprit.

Zec resta ainsi longtemps. Il intégrait les révélations une à une et prenait conscience de toute leur ampleur. Si Eyver disait la vérité, il avait un monde à sauver, à faire renaître, des milliers de gens dont les âmes étaient codées dans des puces à ranimer.

En quelques instants, sa vie avait complètement basculé. Il avait l'impression qu'un poids énorme s'était abattu sur sa poitrine et l'empêchait de respirer. Il avait envie de courir après Eyver et de lui hurler qu'il n'en avait rien à faire de Chébérith et de tout le reste. Que les Chébériens auraient dû se sauver eux-mêmes, et ne pas entraîner un jeune garçon de seize ans dans tout cela. Que lui, Zec, ne demandait qu'à être comme tous les garçons de son âge, insouciant, léger...

Mais les cris de révolte qui grondaient en lui se turent aussi vite qu'ils avaient enflé. Il était épuisé et avait besoin de réfléchir d'abord. Il saurait quoi faire plus tard, avec un peu de recul. Accepter ou non d'endosser l'énorme responsabilité qui lui incombait, accepter ou non de devenir un autre Zec, loin de l'enfance à laquelle il se raccrochait encore de toutes ses forces. Maintenant, il devait aller voir Louis, lui raconter. Louis saurait quoi lui dire.

Il se leva lentement et rentra chez lui d'un pas traînant.

Arrivé au pied de son immeuble, le téléphone vibra dans sa poche. Sur l'écran, le nom de son ami s'affichait. Zec leva la tête et l'aperçut debout à la fenêtre de sa chambre en train de l'observer. Il décrocha.

— Alors ? Comment ça s'est passé ?

— Je flippe, Louis. C'est encore pire que ce que j'imaginais. J'ai peur de devenir fou.

— Non, tu ne deviens pas fou. Je descends chez toi, tu me racontes tout ça.

— Ok, à tout de suite.

Louis l'attendait sur le palier.

— Tu fais une tête... Tu as intérêt à tout me dire.

Une fois enfermé dans la chambre de Zec, le jeune garçon partagea tout ce qu'Eyver lui avait dit plus tôt. Louis écouta sans dire un mot, avalant une gorgée de soda de temps en temps, comme pour faire passer plus facilement les révélations de son ami.

Une fois que Zec eut terminé de lui raconter l'histoire, Louis siffla.

— Eh ben, mon vieux, quel délire ! Est-ce que tu crois vraiment que cet Eyver a toute sa tête ? Si ça se trouve, c'est un drogué mytho qui te fait marcher !

Zec fit non de la tête.

— J'aimerais bien le penser, mais je suis quasiment sûr qu'Eyver dit la vérité... Si je pouvais juste avoir une preuve, un truc un peu plus concret qu'une vidéo bizarre semblant sortir tout droit d'un film de Star Wars... Je ne sais pas ce que je dois faire, par où commencer. J'ai les idées complètement embrouillées.

— Tu m'étonnes ! J'ai l'impression que tu me racontes le résumé d'un livre de SF. Sauf que là, c'est un livre dont tu es le héros.

Zec sourit tristement et les deux garçons restèrent silencieux quelques instants, chacun perdu dans ses pensées.

— Je me dis que si je remets toute l'histoire dans l'ordre, commença lentement Louis, il faut que tu commences par trouver l'autre Chébérien qu'Eyver a ramené à l'état d'embryon.

— Tu crois ?

— Bien sûr, réfléchis ! Si cette autre personne existe vraiment, alors tu as la preuve absolue que Eyver t'a dit la vérité. Là, tu sauras quoi faire.

— Oui...

— Ça me semble un bon point de départ.

Zec hocha la tête, continuant à réfléchir.

— Comment je vais faire ? Comment retrouver cette personne ? J'ai déjà cherché sur le Net, par mot-clef, pour voir si quelqu'un parlait d'ailes dans le dos. Je n'ai rien trouvé d'intéressant.

Louis se leva et se mit à faire les cent pas, les sourcils froncés.

— Zec, est-ce que tu as parlé sur Internet de ce qui t'arrivait ?

— Non, bien sûr que non !

— Alors pourquoi voudrais-tu que l'autre raconte ça ? Je pense qu'il doit avoir aussi peur que toi, et lui, il n'a pas Eyver sous la main pour lui expliquer les choses. Par contre, sur ton blog, tu as parlé de tes énormes boutons.

— Bien sûr ! Tant que je ne savais pas ce que c'était, je me suis autorisé à délirer sur Mosquito-Man !

— À mon avis, c'est par là que tu devrais commencer, Zec. Tu dois voir si quelqu'un d'autre a raconté un jour qu'il avait de gros boutons moches qui poussaient dans son dos.

— Louis, tu es génial ! Je vais m'y mettre tout de suite !

— Oui, je sais que je suis un génie, ma mère me le dit souvent. Enfin pour elle, je suis un génie de la paresse, mais finalement, un génie quand même !

Zec s'esclaffa en s'asseyant devant son ordinateur. Il appuya sur la barre « espace » de son clavier pour faire disparaître l'économiseur d'écran.

Louis se pencha au-dessus de son épaule et regarda l'heure qui s'affichait sur la machine.

— Oups ! Je suis désolé, Zec, je dois y aller. Mes grands-parents viennent déjeuner et j'ai promis à ma mère de l'aider. Si je ne suis pas là, elle va encore criser et dire que je suis le génie de la disparition quand ça m'arrange.

— Pas de problème ! File ! Moi je vais commencer mes recherches.

— Tu me tiens au courant ?

— Promis !

— Cool ! À plus tard !

Louis sortit de la chambre en trombe, laissant Zec face à la page d'accueil de Google.

6.

Eyver marchait dans un couloir sombre, une lourde valise à la main. Il ne comprenait pas ce qu'il faisait ici. Quelques instants plus tôt, il était dans son salon, sur son fauteuil roulant... Il regarda son sac et, aussitôt, il sut ce qu'il contenait : des vêtements, quelques souvenirs, de l'or aussi, pour assurer sa survie sur Terre. Et surtout, surtout – sa main serra encore plus fort la poignée de la valise – un caisson frigorifique, dans lequel deux petits tubes à essais, bien protégés, portaient les cellules de l'espoir de Chébérith : les deux embryons qu'il devait emmener avec lui sur Terre. Sa femme, généticienne, s'était elle-même chargée de les concevoir in vitro dans son laboratoire et de les protéger contre l'Avaleur de Mondes afin qu'il ne s'en prenne jamais à leur esprit, leur mémoire.

Se raccrochant à son sac, comme s'il était le seul lien avec la réalité, il avança longuement dans ce couloir. Il était certain d'avoir su où il menait mais, pour le moment, ce souvenir lui échappait. Enfin, il arriva devant une porte. Il posa sa main sur la poignée qui céda. La porte s'ouvrit sur une grande salle et Eyver se rappela immédiatement de tout. Il savait où il était. Il avait déjà vécu cette scène. Ou alors était-ce un rêve ? Il ne savait plus très bien.

Mélior, Larchael et Suméor, les porteurs des Livres-Monde, levèrent la tête d'un seul mouvement en le voyant arriver. Ils avaient tous les trois la même mission : cacher un Livre dans un lieu sûr, mais accessible, pour que les héritiers de Chébérith puissent le retrouver un jour.

— Eyver. Nous n'attendions que toi pour commencer.

Ils avaient le visage grave, les traits tirés, les yeux pleins de souffrance. Ils partaient pour toujours, ne reverraient plus leur monde, leurs familles. Ils devraient replier leurs ailes, et surtout dissimuler les Livres au mieux, afin qu'ils ne soient pas découverts avant que les deux enfants soient assez grands pour se lancer dans leur quête.

Larchael était le directeur du projet qui avait permis aux Chébériens d'ouvrir un passage entre leur monde et la Terre. C'est lui qui avait fait cette découverte en s'amusant avec l'espace-temps. Il avait déjà effectué plusieurs séjours sur Terre et en avait rapporté de précieuses informations pour l'organisation de leur mission. Cette fois, pour ouvrir le passage, il avait branché la machine sur les dernières réserves d'énergie de la planète. Après cette ultime manœuvre, ce serait le noir derrière eux, et l'espoir au bout du tunnel.

Les quatre hommes se rassemblèrent dans l'immense pièce plongée dans la pénombre. D'étranges machines clignotaient, émettant un ronflement sourd et agaçant, qui participait de l'angoisse générale. Le moment était venu. L'avenir de leur monde commençait aujourd'hui. Eyver sentait son cœur battre au rythme des moteurs qui grondaient autour de lui. Il avait envie de pleurer, de partir en courant. Il avait aussi envie de s'allonger et de dormir pour oublier, pour fuir la réalité. Non ! Oublier ?... C'était justement contre l'oubli qu'il devait se battre ! Il repensa aux graines de Mémo cachées dans son sac. Une nausée acide remonta dans sa gorge. Il avait déjà tout perdu et il allait perdre plus encore.

Larchael mit en route le mécanisme, le sortant de ses mornes pensées. Un bruit énorme s'éleva dans la pièce et la lumière augmenta en intensité. Devant eux se trouvait la porte qui devait les mener sur Terre. C'était la première fois qu'Eyver la voyait. Elle était constituée d'une arche métallique hirsute, branchée à des milliers de câbles, de fils et de puces informatiques. C'était un objet assez laid mais, à ce moment, c'était la plus belle chose qui soit : la porte vers leur avenir, vers la solution à leur survie, ou leur re-vie.

Avec le bruit, un souffle pareil au vent hurlant investit les lieux, soulevant les cheveux, déplaçant les papiers, faisant vibrer le moindre objet, les vitres, les dents. Puis un tourbillon apparut : un vortex se forma dans l'arche. Eyver n'aurait pas su le décrire. C'était comme un tunnel noir, et pourtant lumineux, aux parois mouvantes, comme si un liquide sombre et visqueux coulait sur ses murs.

Une fois qu'il se fut stabilisé, le moment arriva. Mélior, Larchael et Suméor prirent chacun un Livre-Monde et leurs affaires personnelles. Eyver ramassa précieusement les embryons placés dans la mallette qu'il avait posée au sol.

Les quatre hommes se jetèrent un regard. C'étaient leurs dernières secondes sur Chébérith. Eyver prit une grande bouffée d'air, espérant se souvenir du parfum de son monde, de cette fragrance subtile de fleurs qui flottait en permanence dans l'air. Et puis, d'un pas décidé, sans réfléchir, il suivit les autres dans le vortex.

Au bout de trois pas, le vacarme s'arrêta net, le silence retomba, et Eyver eut la certitude que, s'il tentait de prononcer le moindre mot, aucun son ne sortirait de sa bouche. C'était comme s'il flottait dans un grand vide. Un grand vide où la lumière venait de nulle part et de partout en même temps, où le bruit n'existait plus, ni le temps, ni l'endroit ou l'envers. Eyver se demandait même comment il avançait. Pourtant, il voyait ses jambes se mouvoir, à la fois très loin et très proches de lui. La mallette qui contenait les embryons lui paraissait parfois très lourde et, la seconde d'après, très légère. Il voyait les silhouettes de ses compagnons d'aventure, devant lui, tantôt toutes proches, tantôt lointaines, comme des petits points noirs dans la lumière sombre.

Enfin le bruit revint, la réalité aussi, et il tomba lourdement sur un sol dur et gris. Devant lui, Mélior se relevait tout juste en massant ses genoux manifestement endoloris. Il se retourna. Il avait juste franchi l'arche, dont il voyait l'autre côté, et pourtant, des milliards de kilomètres le séparaient de son monde. Larchael et Suméor, qui avaient déjà effectué ce voyage, avaient pris les choses en main. Larchael se plaça devant une réplique du panneau de contrôle et éteignit l'arche ; le passage entre la Terre et Chébérith disparut. Eyver en ressentit une immense tristesse, une douleur intense. Il avait l'impression qu'on lui avait coupé un membre. Plus jamais il ne retournerait sur Chébérith. C'était terminé. Suméor, quant à lui, avait sorti une grande bâche d'une armoire et demandait de l'aide : il fallait cacher la porte.

— Où sommes-nous ? demanda Mélior en regardant autour de lui. La porte était posée au milieu d'une sorte de grand hangar poussiéreux et sombre, qui exhalait une odeur métallique. De vieilles machines dormaient dans la pénombre. Parfois, un claquement résonnait dans les profondeurs de la structure. Le toit, très haut, était noyé dans la pénombre et les murs, immenses, étaient couverts de vitres sales ou ébréchées dont certaines étaient colmatées par des papiers crasseux.

— C'est une usine désaffectée que nous avons rachetée pour cacher l'arche.

— Comment avez-vous fait ?

— La première fois que nous l'avons franchie, la porte s'est ouverte au milieu d'un champ. Heureusement, c'était en pleine nuit, personne n'a rien vu. Pour éviter que cela se reproduise, nous avons cherché un lieu où la faire apparaître et nous avons modifié les coordonnées d'arrivée du vortex. Il a fallu s'y reprendre à plusieurs reprises pour arriver à la poser pile ici. Personne ne viendra. C'est une propriété privée et nous avons fait poser des dizaines de panneaux prévenant d'un danger pour les visiteurs inopportuns. Nous sommes tranquilles.

Eyver inspira longuement. Il se demandait quel était le parfum de la Terre. Il aida Suméor à cacher la porte sous la bâche. Puis Larchael lui donna une petite carte incrustée de plusieurs puces de lecture.

— Voilà la clef qui te permettra de rouvrir la porte, le jour où les trois Livres-Monde seront rassemblés. Il faudra la glisser ici (il lui indiqua une mince ouverture dans le panneau de contrôle). Cela fera redémarrer tout le système. Les coordonnées de Chébérith y sont enregistrées. Garde-la précieusement.

Eyver inclina la tête et glissa la carte dans ses bagages. Il tremblait comme une feuille. Il avait envie de faire accélérer le temps. De se voir dans ce même lieu, quelques années après, avec les trois Livres-Monde, prêts à faire renaître son univers, sa famille...

Enfin, une fois la porte bien cachée sous sa bâche, les machines éteintes et l'usine fermée, les quatre Chébériens firent leurs premiers pas de Terriens dans la campagne déserte. L'air était frais et la nuit sombre. Eyver leva la tête. Le ciel était piqueté d'étoiles qui formaient des constellations étrangères. Pouvait-on voir le soleil de Chébérith d'ici ? Juste au-dessus de l'horizon, un croissant de lune blanche se levait lentement. La Terre n'en avait qu'une seule. Il allait devoir s'y habituer.

Ce furent les premiers souvenirs du Passeur sur la Terre.

Un bruit de verre qui se brise lui fit ouvrir les yeux. Il venait de lâcher sa tasse de Mémo. Ses débris gisaient sur le sol, mêlés aux restes du breuvage vert, au goût âcre. Eyver passa une main tremblante sur son visage. C'était un rêve, un souvenir... Rien d'autre. Il avait déjà vécu tout cela, mais dix-huit ans auparavant.

En rentrant de son entrevue avec Zec, il avait ressenti le besoin de prendre une dose de Mémo. Il se sentait fébrile, ses mains tremblaient, tous ses muscles étaient pris de crampes douloureuses. Il lui fallait son breuvage, et vite. Il savait que ses effets ne seraient que temporaires et qu'ensuite, il aurait encore plus mal, mais il était trop bouleversé par sa rencontre avec le jeune homme pour affronter ses douleurs.

Puis il s'était assoupi et le Mémo, ravivant malgré lui sa mémoire, avait déposé des extraits du passé au milieu de ses rêves. Il soupira, troublé par ces images qui flottaient encore dans son esprit. Les visages des trois Chébériens venus sur Terre avec lui s'étaient effacés au fil des années. Étaient-ce les événements de la journée qui avaient déclenché cette salve de souvenirs depuis longtemps éteints en lui ? Il fit rouler son fauteuil jusqu'à la fenêtre, ignorant la tasse cassée. Il avait tant oublié. Le travail de l'Avaleur de Mondes ne lui laissait aucun répit, malgré les doses de Mémo quasi quotidiennes... Il regarda le paysage urbain qui s'étalait devant lui.

Avec les années, il avait appris à aimer la Terre, le bleu de son ciel et le bruit du vent dans les arbres. Son parfum aussi, plus salé, plus piquant.

Maintenant que la porte de sa mémoire s'était ouverte, d'autres souvenirs remontèrent à la surface. Surtout ceux des derniers de ses amis chébériens, qu'il avait peu revus par la suite.

Mélior était venu lui rendre visite, plusieurs mois après leur arrivée. Il venait rendre compte de sa mission au Passeur : il avait revu Larchael et Suméor et tous les trois avaient caché les Livres-Monde en lieu sûr. Il ne lui restait plus qu'à laisser un indice pour permettre de les retrouver. Mais encore aujourd'hui, Eyver n'avait aucune idée de la teneur de ce début de piste.

La dernière fois qu'il avait vu Mélior, ce dernier était mélancolique. L'oubli s'accélérait depuis quelque temps. Ses souvenirs s'effilochaient, il se noyait dans le néant malgré sa volonté de continuer le plus longtemps possible. Pour lui donner un peu d'espoir, Eyver lui avait raconté les progrès de Zec, encore tout petit. Après cela, il n'avait jamais revu son ami d'enfance.

Il n'eut jamais de nouvelles de Suméor, le porteur du deuxième Livre. D'après ce que lui en avait dit Mélior, il ne supportait pas son exil sur Terre et avait sombré dans une déprime, aidé par l'oubli qui le rongeait. Il avait dû vite disparaître dans le néant...

Il restait Larchael, le porteur du troisième Livre-Monde. Il ne l'avait plus croisé depuis leur arrivée. Puis un soir, deux ou trois ans plus tard, alors qu'Eyver se promenait dans les rues, après avoir observé le petit Ézéchiel faire ses premiers pas au parc, il avait aperçu une silhouette familière. Il avait accéléré le pas pour rattraper la personne qui ressemblait tant à Larchael. Était-ce bien lui ou sa mémoire lui jouait-elle des tours ? Il l'avait interpellé :

— Larchael, c'est toi ?

L'homme avait croisé son regard d'un air hagard. Ses yeux étaient vides et il semblait avoir peur. Puis il avait eu un sursaut.

— Eyver ?

— Oui ! Que fais-tu là ?

Larchael avait eu l'air de réfléchir.

— Je ne sais pas... Je crois que c'est ma femme qui a voulu qu'on s'installe ici, parce que le quartier est calme. C'est mieux pour notre fille.

— Ta femme ? Ta fille ? Tu as eu un enfant avec une Terrienne ?

— Oui, elle est encore jeune, je crois... Je ne me souviens plus très bien. Je perds la tête tu sais, je ne sais même plus pourquoi je suis descendu...

— Oh Larchael... J'aurais tellement aimé que l'œuvre de l'Avaleur de Mondes s'arrête à notre arrivée sur Terre. Hélas, ça n'a rien changé.

— L'Avaleur de Mondes ? avait demandé Larchael en fronçant les sourcils. Qu'est-ce que c'est que ça ?

Puis il avait relevé les yeux sur Eyver. Leur éclat s'était éteint à nouveau.

— Mais qui êtes-vous ?

Une grande tristesse avait envahi Eyver. Larchael s'effaçait, bientôt il disparaîtrait sans bruit, comme une lumière qu'on éteint. Et si lui-même n'avait pas pris le Mémo depuis toutes ces années, il aurait été dans le même état que son ami.

Il avait fait un petit sourire peiné à Larchael et l'avait laissé là, hagard sur le trottoir. Il l'avait croisé de nouveau à quelques reprises, avec sa femme, qui le tenait par la main comme un enfant, et sa fille, une petite poupée blonde, mais il ne s'était plus présenté à lui. Ce n'était pas la peine de jeter le trouble dans son esprit. Puis, il ne l'avait plus vu...

Ç'avait été la dernière fois qu'Eyver eut un contact avec un Chébérien, jusqu'à ce que Zec arrive dans sa vie...

7.

Concentré devant son écran, Zec tapa divers mots-clefs : « gros boutons », « boutons dans le dos »...

Pour commencer, il trouva de nombreuses informations sur l'acné, sur comment gérer les poussées de varicelle chez les jeunes enfants, sur l'herpès, les boutons de fièvre. Il y avait des choses assez dégoûtantes, mais rien qui lui convenait. Puis, quand il écrivit « boutons dans le dos », il tomba sur son propre blog au bout de quelques pages. Il s'amusa à cliquer sur le lien et relut ses derniers articles, ainsi que les commentaires qui avaient été ajoutés et qu'il n'avait pas encore vus.

Lillylagrenouille s'inquiétait pour lui parce qu'il n'avait rien posté depuis deux jours.

Zec sourit et retourna à ses recherches. Il y avait beaucoup de jeunes qui se plaignaient d'avoir des boutons dans le dos, mais tout ce que Zec lisait avait un rapport avec l'acné.

— Décidément, j'ai de la chance de ne pas en avoir. C'est quand même galère ce truc.

Il cliqua sur des centaines de liens, espérant trouver la page qu'il cherchait, un blog, un message, quoi que ce soit laissé par l'autre Chébérien qui aurait vécu la même chose que lui.

Il passa le reste de sa journée et une partie de la nuit à fouiller les méandres de la toile virtuelle. Toujours rien.

Le lendemain, dès son réveil, il se précipita sur sa machine pour reprendre son exploration. Il ne s'arrêta que parce qu'il allait être en retard au lycée. Il se brûla les yeux devant son écran pendant deux jours avant de se décourager. À quel moment pourrait-il décider qu'il aurait tout essayé et s'autoriser à abandonner ? Combien de temps de recherche se réservait-il ? Quels moyens était-il prêt à donner à cette quête ? Il n'en avait aucune idée.

Finalement épuisé, il alla chercher un dictionnaire des synonymes dans la bibliothèque de ses parents. Il avait fait ses recherches avec les mots « bosse », « bouton », « protubérance », « grosseur », « renflement » et il voulait se donner une dernière chance : quel mot pouvait-il avoir oublié ? Il en trouva un et décida que ce serait le dernier.

Il tapa les mots-clefs « excroissances dans le dos ». Il laissa la recherche s'effectuer et jeta un œil sur la page de liens proposés. Les premiers n'étaient pas intéressants, Zec pouvait le voir juste en lisant les phrases entourant l'objet de la recherche affichées sous les liens.

Il passa directement à la page deux. Son regard fut aussitôt attiré par un titre : « Excroissances dans le dos, est-ce que quelqu'un a déjà eu ça ? » Zec cliqua dessus. C'était un forum de santé beauté où des personnes posaient des questions et pouvaient recevoir des réponses et des conseils d'autres internautes.

La discussion avait été lancée deux semaines et demie auparavant, par une personne portant le pseudo « Paradis134 ». Fébrilement, Zec parcourut le message d'introduction.

Posté par Paradis134 le 12.05 à 23 h 12

Bonjour,

Depuis quelques jours, deux énormes protubérances sont apparues sur mes omoplates. Elles grossissent à vue d'œil et me grattent beaucoup. Je suis un peu inquiète, parce que je ne comprends pas ce que ça peut être. Est-ce que quelqu'un a déjà vécu ça et peut m'aider ? Merci !

Le cœur de Zec s'accéléra. Il aurait pu écrire mot pour mot le même texte, il y a peu de temps ! Il y avait deux réponses.

Posté par Medecineman le 13.05 à 10 h 46

Bonjour,

Peut-être que tu as été piquée par une araignée, ou un taon ! Si tu fais une réaction allergique, les piqûres peuvent devenir très grosses, dures, rouges, et gratter. Va voir un médecin pour qu'il te prescrive des antihistaminiques. Ça devrait passer en quelques jours. Bon courage !

Posté par Marie56489 le 13.05 à 18 h 31

Salut !

Je ne sais pas quel âge tu as, mais si tu es une ado, c'est peut-être de l'acné. Moi, j'ai eu ça il y a quelques mois, et j'en garde un super mauvais souvenir. J'ai eu une dizaine de boutons énormes et pas beaux du tout. Je suis allée voir un dermato et il m'a donné un traitement qui a bien marché. Tu devrais faire comme moi ! Donne-nous des nouvelles !

Marie.

Zec fit défiler le reste de la page. Paradis134 avait laissé un autre message.

Posté par Paradis134 le 14.05 à 02h56

Je vous remercie pour vos réponses. Marie,

j'ai 16 ans, mais je n'ai encore jamais eu d'acné, ça ne ressemble pas à ça. Je n'ai que deux boutons, parfaitement centrés sur les omoplates. Si ce sont des piqûres, elles sont bizarres : on dirait qu'il y a un truc blanc qui pousse en dessous. Ça me fait de plus en plus mal, et j'ai un peu de fièvre. Si ça ne passe pas, j'irai voir le médecin. Je vous donne des nouvelles dès que je sais ce que c'est.

C'était le dernier message posté sur cette discussion. Il datait de plus de deux semaines et depuis, Paradis134 n'avait pas donné de nouvelles. Si c'était l'autre Chébérien, Zec se doutait pourquoi : ses ailes avaient dû pousser et la fille n'allait pas venir raconter ça sur un forum public !

Le cœur de Zec battait la chamade. Il l'avait peut-être enfin trouvé, l'autre enfant qu'Eyver avait ramené de Chébérith ! Il retourna sur Google et tapa fébrilement en mot-clef « Paradis134 ». Il tomba sur plusieurs entrées, laissées sur divers forums. Cette fille avait participé à de nombreuses discussions : elle avait rédigé des articles sur les livres préférés des « Lecteurs du coin du feu », c'était le titre de la conversation. D'autres sur des réflexions philosophiques, sur des recettes de cuisine, sur des partages d'expériences entre filles, sur des histoires de cœur. De plus, elle avait le même âge que Zec. Elle aimait discuter sur

Internet mais depuis le 14 mai, elle n'avait plus rien posté. Elle avait disparu de la toile. Normal. Zec en faisait lui-même l'expérience : il ne ressentait ni l'envie, ni le besoin d'aller raconter des bêtises sur son blog. Seules ses nouvelles ailes l'intéressaient, et rien d'autre. Il les fit bouger doucement dans son dos. Elles avaient encore poussé et atteignaient ses reins à présent. Il les sentait prendre de la puissance, mais il ne pouvait toujours pas voler.

Revenant à Paradis134, il fit encore quelques recherches, sans trouver la trace d'une adresse où la joindre. Et comme elle ne semblait plus traîner sur les forums, Zec se demanda comment entrer en contact avec elle. Il avait une idée, mais il ne savait pas si elle allait fonctionner.

Quittant son navigateur, il se connecta sur son Messenger. Il se mit en statut « occupé » pour ne pas être abordé par des conversations inopportunes, et alla dans le menu « Contacts ». Là, il y avait une section « Ajouter ». Il cliqua dessus. Une fenêtre apparut sur son écran.

« Pour ajouter un contact, taper une adresse ci-dessous, ou effectuer une recherche. »

C'était cette dernière fonction qui intéressait Zec. Dans la ligne adéquate, il tapa « Paradis134 » et cliqua sur « Rechercher ». Il attendit quelques secondes. Il n'y avait pas de « Paradis 134 » dans la liste.

L'enthousiasme de Zec retomba d'un cran. Il était si près du but !

Il recommença sa recherche en ne tapant que « Paradis ». Le résultat ne mit pas longtemps à s'afficher : il y avait un grand nombre de pseudos comprenant le mot « paradis », suivis de numéros divers. La jeune fille des forums pouvait-elle se trouver parmi eux, mais sous un autre identifiant ? Il ne restait plus qu'à regarder.

Zec s'étira et inspira longuement. Encore un petit effort. Si cette recherche-là n'aboutissait pas, il appellerait Eyver pour lui expliquer qu'il avait tout essayé, mais sans succès.

Il cliqua sur le premier pseudo : Paradis01. Une fiche d'identité s'ouvrit. Il s'agissait d'un homme de vingt-cinq ans. Il referma la fenêtre tout de suite avant d'ouvrir la suivante. Arrivé au quart de la liste, il tomba sur une jeune fille de seize ans vivant en Gironde, qui semblait correspondre à Paradis134. Sans hésiter, il la rajouta à ses contacts. Au bout de quelques instants, elle apparut sur sa liste d'amis. Elle avait accepté sa demande.

Zec hésita à l'aborder. Mais il n'attendit pas trop longtemps avant de se lancer.

— Bonjour ! tapa-t-il dans la fenêtre de dialogue qu'il avait ouverte.

— Salut, qui es-tu ?

— Je m'appelle Zec et je suis à la recherche de quelqu'un.

— Ah oui ? Quel genre ?

— Une fille de seize ans.

— Ouais, continue, jusqu'ici, je peux t'aider.

— Est-ce que c'est toi qui as laissé des messages sur des forums ?

— Ça m'arrive bien sûr. Quels messages ?

Zec fit une pause. Il sentait une excitation le gagner. Il l'avait peut-être enfin trouvée !

— Des messages sur des boutons dans le dos.

La réponse tarda à arriver.

— Tu te fous de moi ?

Zec se sentit rougir derrière son écran.

— Non, pas du tout !

— Tu aimes les filles avec des boutons dans le dos ? Tu es encore un de ces malades mentaux qui traquent sur le Net ? Sale pervers !

— Non ! Je cherche...

Zec n'eut pas le temps de continuer. La fille avait quitté la conversation et apparaissait désormais hors ligne. Visiblement, elle l'avait bloqué. Il ne pouvait pas lui en vouloir : lui aussi aurait trouvé ça très bizarre si on l'avait abordé de cette manière. Il lui faudrait faire preuve de plus de subtilité à l'avenir...

En soupirant, il continua sa recherche dans les pseudos. C'est fou le nombre de personnes qui se faisaient appeler « Paradis » ! Enfin, il tomba sur un autre profil intéressant : Paradis314. Une fille de seize ans, encore. Ses centres d'intérêt étaient la lecture, les voyages, l'écriture, se faire des amis, cuisiner, jouer de la musique, ce qui correspondait à ses interventions sur les forums. Elle habitait à New York. Cette dernière information surprit Zec. Ça ne pouvait pas être elle. Et pourtant, son profil était rédigé en français... Il ne risquait rien à essayer. Encore une fois, il ajouta la fille aux contacts. Il attendit un peu, mais rien ne se produisit. Elle ne devait pas être devant son ordinateur.

Lassé par ses heures de recherche, Zec décida d'aller se coucher.

Le lendemain, après sa dernière journée de lycée de l'année, il se rua sur son Messenger. Il se connecta et reçut aussitôt un message d'alerte qui lui indiqua que Paradis314 avait accepté son invitation. Il repéra immédiatement son pseudo dans les personnes en ligne. Le cœur battant, Zec allait débuter une conversation avec elle, mais une fenêtre de dialogue s'ouvrit avant même qu'il pose ses doigts sur son clavier. C'était elle.

— Hi, who are you ?

Évidemment, elle parlait en anglais, si elle vivait à New York... Mais Zec décida volontairement de lui répondre en français. Si elle le comprenait, il y avait plus de chances qu'elle soit la fille des forums.

— Salut, je m'appelle Zec, je vis à Paris. Je voulais discuter avec toi.

— Salut Zec. Il ne me semble pas te connaître. Tu es un de mes cousins français ?

— Je ne pense pas, non.

Curieux, Zec fit apparaître un panneau latéral sur la fenêtre de dialogue pour voir si Paradis314 avait mis une photo d'elle. Il y avait juste une image d'ange, prise certainement dans une BD.

— Je suis tombé sur une discussion que tu as laissée sur un forum et je voulais t'en parler.

— Laquelle ?

Zec hésita, il ne voulait pas se faire claquer la porte au nez comme la veille. Mais après tout, il n'y avait qu'un seul moyen d'avoir une réponse.

— Celle où tu cherches des conseils pour avoir la peau douce...

— Pardon ?

— Oui, la peau du dos super belle, pour te faire masser, tout ça...

Il se sentait parfaitement ridicule.

— C'est quoi ce plan ? Are you some kind of perverse guy ?

Décidément, quoi qu'il fasse, il se faisait traiter de pervers ! Ces filles étaient compliquées ! Il fallait qu'il rattrape sa bourde.

— Non, pas du tout. J'ai trouvé une discussion où tu parles d'excroissances dans le dos...

Paradis314 ne répondit pas tout de suite. Zec attendit, le cœur battant, priant pour qu'elle ne quitte pas la conversation et ne le bloque pas, elle aussi.

— Ah, celle-là ? C'est passé depuis. Ça fait un moment déjà.

Zec respira. C'était elle ! Il enchaîna.

— Je sais. J'ai eu la même chose que toi.

— Ça m'étonnerait.

— Je pense que si.

— Écoute, je n'ai pas envie de parler de ça. C'est fini.

Zec se rua sur son clavier et ses doigts volèrent sur les touches. Il devait attirer son attention avant qu'elle le bloque !

— Attends, je sais que ça te fait peur, parce que tu as des ailes qui ont poussé dans ton dos, n'est-ce pas ? Pendant une nuit, tu as eu mal, et tu as cru mourir, tes excroissances ont saigné, et tes ailes sont sorties. Elles étaient petites au début et elles grandissent de jour en jour. Elles sont fines, recouvertes d'un duvet doux ?

Encore le silence. Zec attendait. Il avait l'impression que son cœur allait exploser. Ses mains tremblaient.

— Réponds, réponds, je t'en supplie, murmura-t-il.

Enfin, le signal apparut en bas de la fenêtre : « Paradis314 rédige un message. »

— Comment tu le sais ?

Zec ferma les yeux et se laissa aller brusquement contre son dossier en passant ses mains dans ses cheveux. Il se redressa cependant bien vite pour lui répondre :

— J'ai vécu la même chose. J'ai moi aussi des ailes dans le dos, et je sais pourquoi ça nous arrive. Il fallait que je te retrouve et que je te parle.

— Donne-moi une bonne raison de te croire. D'abord tu me parles de massage et ensuite tu me racontes que tu as des ailes...

Zec réfléchit à toute allure. Comment lui prouver qu'il disait la vérité, aussi extraordinaire soit-elle ? Une idée lumineuse traversa son esprit. Son blog ! Si elle le lisait, elle ne pourrait nier qu'il avait traversé lui aussi une étrange période.

— Regarde ici, tu vas tout comprendre.

Suivait l'adresse de son blog.

Il attendit un long moment. Il se demandait si elle le lisait. En tout cas, elle était toujours en ligne, ce qu'il prit comme un bon signe. Enfin, elle revint sur la discussion.

— Ok, as-tu un numéro de téléphone ?

— Oui.

Zec lui donna son numéro de portable, complètement fébrile. Il n'arrivait pas à y croire ! Il l'avait retrouvé, l'autre Chébérien ! Paradis314 quitta la conversation sans plus de manières et, quelques secondes plus tard, le téléphone de Zec sonna, affichant un numéro étranger.

— Allô ?

— Allô Zec ? C'est Éden, la fille aux ailes.

— Bonjour, Éden. Je suis content de t'entendre.

— Avant toute chose, je veux que tu me confirmes que ce n'est pas une mauvaise blague.

— Absolument pas. Il m'est arrivé la même chose que toi. Tu l'as lu sur mon blog : il y a quelques jours, j'ai eu deux énormes boutons dans le dos qui n'arrêtaient pas de grossir, qui me faisaient souffrir, puis pendant une nuit, des ailes sont apparues. J'ai eu la peur de ma vie.

Zec raconta dans le détail les affres de ce fameux moment. Il décrivit ses ailes, la longueur qu'elles avaient atteinte aujourd'hui.

Éden l'écouta sans rien dire. Il ne savait pas ce qu'elle pouvait penser, à l'autre bout du fil.

Puis quand il eut terminé son récit, elle poussa un profond soupir.

— J'ai vécu exactement la même chose, Zec. J'ai eu d'abord deux boutons, qui ont horriblement gonflé sur les omoplates. Ils grattaient beaucoup, enflaient, prenaient une couleur atroce. Je ne savais pas quoi faire. Je ne pouvais même pas en parler à mes parents, ils étaient tous les deux en voyage pour leur travail à ce moment-là.

» Et puis une nuit, j'ai commencé à avoir de plus en plus mal. Mes boutons tiraient, la peau a craqué et j'ai saigné des litres de sang. Comme toi, je me suis cachée dans le jacuzzi pour ne pas en mettre partout. Je pleurais, tremblais, j'avais chaud, froid, j'étais sûre que j'allais mourir. Et puis la douleur s'est arrêtée d'un coup et mes ailes sont apparues ; toutes petites, mais elles étaient enfin sorties. Quand mes parents sont rentrés à la maison, je ne leur ai rien dit. J'avais trop peur, je me disais qu'ils allaient me prendre pour un « freak ». C'est comme ça qu'on dit ici. Et depuis cette nuit, je me lève tous les jours en me demandant pourquoi j'ai des ailes, qui je suis, si je suis seule dans ce cas... C'est pour ça que je n'ai pas hésité longtemps à t'appeler quand tu m'as dit que tu étais dans la même situation...

— Je te comprends, Éden. Mais j'ai eu de la chance, quelqu'un m'a contacté, quelqu'un qui a toutes les réponses à nos questions. C'est lui qui m'a dit qu'il existait une autre personne comme moi et c'est pour ça que j'ai fait des recherches, jusqu'à tomber sur toi.

— Je veux que tu m'expliques tout, Zec, je ne supporte plus de vivre avec ces interrogations, cette différence, sans comprendre.

— Tu es prête à entendre la vérité ? Tu es assise ?

— Je suis plus que prête.

— Ça ne pose pas de problème que tu téléphones aussi longtemps en France ?

— Ne t'en fais pas pour ça. Mes parents sont blindés de fric, toute ma famille habite à Paris et on passe des heures à appeler loin. Mes parents sont au boulot tous les deux et ils ne rentreront même pas pour le dîner.

— À ce point-là ?

— À ce point-là. Tu sais, ici, il faut savoir mettre son boulot au premier plan pour se payer un penthouse avec vue sur Central Park. Donc vas-y, on a tout notre temps. Je veux savoir.

— Alors écoute-moi bien...

Et Zec commença par le début : son délire sur Mosquito-Man, les commentaires d'Eyver. Il arriva au moment de sa rencontre avec Eyver, de l'histoire de Chébérith, de l'Avaleur de Mondes, des Livres-Monde, cachés sur Terre. Éden écoutait ; parfois, une exclamation de surprise jaillissait à l'autre bout de la ligne. Zec sentait qu'elle avait plein de questions au bord des lèvres, mais elle ne dit rien, attendant la fin de son récit.

Enfin, Zec lui apprit leur rôle, pourquoi ils étaient là, la mission qu'ils avaient à remplir, la responsabilité qui leur incombait aujourd'hui. Éden resta silencieuse un long moment après que Zec eut fini de parler. Il entendait sa respiration frémir à l'autre bout de la planète. Il lui laissa le temps d'assimiler tout ce qu'il venait de lui révéler.

Finalement, elle souffla :

— Nous sommes comme deux anges de la vie...

— Je n'avais pas vu les choses ainsi, mais c'est un peu ça... en plus fou encore !

— Zec, je ne sais pas quoi dire. C'est effrayant,

étourdissant, mais c'est une mission magnifique ! Tu sais, j'ai parfois l'impression d'être spectatrice de ma propre vie. Je vois mes parents s'agiter dans tous les sens pour gagner un paquet de dollars qu'ils n'ont pas le temps de dépenser, je vois, par la fenêtre de ma chambre, tous les New-Yorkais faire leur jogging autour du Réservoir de Central Park, et chaque fois, je me demande : à quoi bon ? Quel est le sens de tout cela ? Pourquoi tant d'agitation ? Tu connais l'allégorie de la caverne de Platon ?

— Heu... non, on ne fait de la philo qu'en Terminale ici.

— Je sais, mais tu devrais quand même lire ça, tu verrais que c'est édifiant. Je t'explique : des hommes sont enchaînés dans une caverne et ils regardent le mur du fond où défilent des ombres. Ils croient que ce sont ces ombres qui sont la réalité. Mais ce n'est qu'une illusion ! Chaque matin qui se lève, je me sens comme ces hommes : je cherche un sens à ma vie et voilà que si ce que tu dis est vrai, ce matin, tu donnes enfin un but, une utilité à ma médiocre existence ! Tu me fais sortir de ma caverne, tu me fais découvrir la réalité !

Zec se dit que cette fille était vraiment spéciale. Il n'avait jamais pensé que sa vie à lui était illusoire ou inutile, même s'il n'en faisait rien d'extraordinaire. Et Éden, au lieu de s'effondrer en se disant qu'elle ne serait jamais plus une ado comme les autres, exultait de voir sa vie bouleversée ! Elle était hyper bizarre. Mais, tout bien considéré, elle n'avait peut-être pas tort.

— Ça ne te fait pas flipper ce que je te raconte ? lui demanda quand même Zec, un peu éberlué.

— Si, bien sûr ! Mais il y a des choses qui nous dépassent et que nous devons accomplir. Nous devons retrouver ces Livres-Monde, Zec, nous devons redonner vie à Chébérith !

— Mais comment ? Même Eyver ne sait pas où ils sont.

— On va trouver, j'en suis sûre. La vie fait bien les choses : j'arrive à Paris la semaine prochaine. Je viens voir ma famille, comme tous les ans. Je passe te voir, il faut que tu me présentes Eyver.

— Très bien. Quelle émotion ce sera pour lui ! Tu arrives quand exactement ?

— Samedi. Mon avion atterrit à Roissy vers 7 h 30 du matin. Mon oncle vient me chercher, mais ensuite, mon emploi du temps est assez libre. Tu veux bien me donner ton adresse ?

Zec lui confia toutes les informations nécessaires.

— Je suis curieux de te rencontrer, lui avoua-t-il.

Il tentait d'imaginer à quoi elle pouvait ressembler. Elle avait une voix douce mais dynamique. Parfois, elle prononçait quelques mots à l'américaine et il trouvait ça craquant.

— Moi aussi j'ai hâte ! Si tu savais comme ça me

fait du bien de savoir que je ne suis pas la seule à avoir ces ailes dans le dos ! Tu as des frères et sœurs ?

— Non, je suis fils unique.

— Moi aussi je suis seule. Je crois que mes parents ont trop galéré pour m'avoir pour tenter la même aventure une seconde fois. Tu ressembles à quoi ?

— Heu, je suis grand, brun, j'ai les yeux pairs, un bleu et un vert, et j'ai des ailes dans le dos !

Éden pouffa.

— Moi je ne suis pas super grande, j'ai les yeux dorés, les cheveux frisés, châtains, tirant sur le blond, et j'ai aussi des ailes dans le dos !

— Dingue comme coïncidence ! Décidément, on trouve de tout sur le Net !

Ils se mirent à rire tous les deux, heureux de partager une particularité qu'ils étaient les seuls à posséder sur cette planète. Sans même se connaître, une complicité instantanée se créait entre eux, juste parce qu'ils avaient traversé la même épreuve et la même angoisse.

Ils papotèrent ainsi un moment, partageant leurs vies respectives avant de se quitter. Zec se retrouva alors seul dans sa chambre. Pendant tout le temps qu'avait duré sa conversation avec Éden, il avait eu l'impression qu'elle était tout près de lui. C'était une fille incroyable ! Elle connaissait des tas de choses, elle était vraiment différente de toutes celles qu'il croisait au lycée. Un sourire léger se posa sur ses lèvres. Il avait retrouvé l'autre Chébérien ! Chébérienne, même.

Puis son sourire s'effaça. Un grand frisson le traversa des pieds jusqu'à la racine de ses cheveux. Il avait la preuve qu'Eyver avait dit la vérité. Il ne savait plus s'il devait s'en réjouir, parce que cette nouvelle réalité qui s'imposait à lui signifiait une chose : l'ancien Zec, celui d'avant les ailes, allait disparaître. Maintenant, il devait faire un choix qui allait transformer sa vie, et il n'était pas sûr de vouloir le faire. Mais dans le fond, il savait : c'était trop tard. Tout avait déjà changé.

Il soupira et sentit une grande tristesse l'envahir. Pour chasser sa peine, il composa le numéro de Louis. Il fallait qu'il lui raconte tout ce qui venait de se passer, qu'il lui parle d'Éden ! Ensuite, il appellerait Eyver pour lui annoncer la nouvelle...

8.

Éden raccrocha. Son regard resta fixé un long moment sur le téléphone. Elle était abasourdie. Était-il possible qu'elle puisse venir d'une autre planète ? Est-ce que ce garçon se moquait d'elle ? Non, ça ne pouvait pas être un canular. Ce qu'il décrivait dans son blog ressemblait trop à ce qu'elle avait vécu elle-même. Tout s'était passé quelques jours auparavant, mais les sensations restaient vives, et le resteraient encore longtemps.

En se remémorant sa propre histoire, Éden se releva et se rendit dans sa salle de bains. Elle retira le chemisier qu'elle portait et regarda son dos dans le miroir. Elles étaient toujours là, chaque jour un peu plus grandes, un peu plus fortes. Ses ailes. Faites d'une membrane de peau fine au duvet légèrement doré, elles brillaient dans la lumière. Elle les fit bouger doucement comme elle le faisait chaque fois. C'était une manière de s'assurer qu'elle ne rêvait pas.

En soupirant, elle repassa son chemisier. Puis elle ouvrit les portes de son dressing et admira les étagères remplies de piles de débardeurs parfaitement pliés, tous plus jolis et vaporeux les uns que les autres.

— Quel gâchis, murmura-t-elle. Je ne pourrais plus jamais les mettre. Il faut que je retourne m'acheter des t-shirts avec des manches, où le dos est bien couvert.

Cela signifiait des heures de shopping en perspective, une activité qu'elle détestait par-dessus tout.

De retour dans sa chambre, elle regarda son mobilier comme si elle le découvrait pour la première fois. Son immense lit couvert d'un boutis magnifique ramené d'Afrique par son père. La grande bibliothèque remplie de livres classés par ordre alphabétique.

Sur une étagère, une photo attira son regard. Il s'agissait de ses parents, plus jeunes, souriants, amoureux. Éden était assise sur les genoux de sa mère, toute petite, la tête couverte de frisettes de bébé serrées et dorées. Elle avait mis deux doigts dans la bouche et exhibait ses gencives sans dents dans un large sourire baveux.

Est-ce qu'on pouvait deviner, sur cette photo, qu'elle n'était pas leur fille ? Elle caressa du bout de son index les visages heureux de son père et de sa mère, illuminés par le soleil. Ils venaient de s'installer à New York et n'étaient pas encore devenus les esclaves de leurs travaux respectifs.

Éden se sentit envahie par une bouffée de sentiments mêlés. Même s'ils n'étaient pas très présents, elle les aimait. Elle aurait aimé pouvoir leur parler de ce qui lui arrivait, de ce changement de son corps. Surtout aujourd'hui, après l'appel de Zec qui bouleversait totalement son destin. Mais elle ne s'était jamais sentie assez proche d'eux pour leur parler de quoi que ce soit. Elle était trop seule, trop différente aussi, pour se confier spontanément. Quand elle était petite, elle parlait à ses poupées. Dans le silence de sa gigantesque chambre, elle leur racontait des histoires et leur confiait ses secrets, comme une princesse solitaire dans un palais. Aujourd'hui, pour communiquer, elle avait établi de nombreux liens virtuels sur le Net, où elle partageait, discutait, échangeait. Elle y avait trouvé de la compagnie, des histoires à lire, un peu d'attention aussi. Elle avait moins de mal à se confier à des étrangers qu'à sa propre famille.

D'un mouvement lent, elle se détourna de la photo et alla se planter devant la fenêtre. Sa chambre possédait une grande baie vitrée devant laquelle Éden pouvait passer des heures à regarder New York vivre et s'essouffler sous ses yeux. En cette saison, Central Park étalait son vert d'été ainsi qu'une débauche de fleurs roses et blanches. Les joggers, aussi minuscules que des fourmis besogneuses, couraient autour du Réservoir, cette étendue d'eau lisse qui se trouvait au milieu du fameux parc. Éden regardait tous les matins les centaines de personnes qui trottinaient, en rythme, le long des allées du jardin. Et toujours, elle s'interrogeait : qu'est-ce qui pouvait pousser les gens à courir en rond ?

Aujourd'hui, alors qu'elle assistait au même spectacle, elle se dit qu'elle aurait pu ouvrir la fenêtre, se percher sur le balcon et sauter. Ses ailes auraient-elles la force de la maintenir dans les airs ? Ou alors dégringolerait-elle le long des quarante-cinq étages ? À cette idée, un vertige la saisit. Décidément, avoir des ailes, ce n'était pas fait pour elle, qui détestait le vide !

Elle observa encore la ville pulser plus bas. Les taxis jaunes qui défilaient le long de l'avenue, le monde, sur les trottoirs, qui semblait obéir à un ballet étrange, réglé par les feux des croisements. Au loin, on entendait les sirènes d'une voiture de police. Elle aimait New York où elle se sentait comme au centre de l'univers, là où tout se passait, là où tout se trouvait.

Pourtant, la semaine suivante, elle serait à Paris, comme tous les ans à la même période. Elle adorait s'y trouver, malgré sa passion pour la Big Apple. Paris, c'était sa ville natale, son histoire familiale. Le français était sa langue maternelle. D'ailleurs, chez elle, on ne parlait pas anglais. C'était réservé pour l'extérieur, pour le travail et l'école.

Un frisson parcourut l'échine d'Éden : cette fois, elle savait que ce voyage la transporterait vers un destin incroyable. Là-bas, elle deviendrait une Chébérienne, elle aurait des Livres-Monde à retrouver, des âmes à ramener à la vie, un monde à recréer. Était-ce bien réel ?

Oui ça l'était ! Ses ailes en témoignaient ! Elle sourit à son reflet dans la vitre. Elle avait un but désormais, une utilité, une noble mission. Elle avait toujours rêvé de ça ! Elle s'était toujours sentie à l'étroit dans son histoire. Son quotidien était étriqué, sans ambition, alors que ses envies étaient immenses. L'héroïne qu'elle rêvait d'être allait pouvoir se réaliser, exister vraiment. Évidemment, tout cela faisait un peu peur. Il y avait toujours des dangers quand on était un héros.

Mais aujourd'hui, elle se rapprochait des personnages des romans qu'elle lisait : au départ, ils menaient une vie banale puis un jour, un événement venait tout transformer pour les sublimer et faire d'eux des êtres hors du commun, pleins de courage et d'abnégation. Pourvu qu'elle soit à la hauteur ! Il ne lui manquait plus que de tomber amoureuse et tout serait parfait !

Elle se demanda si Zec était mignon. Il faudrait vérifier sur son blog s'il avait mis des photos. Puis elle se mit à rire, se gourmandant d'être aussi fleur bleue et rêveuse.

Éden se retourna et sursauta. La lithographie accrochée au-dessus de son lit était là depuis si longtemps qu'elle n'y prêtait plus attention. Pourtant, il était toujours là, l'Ange Bleu de Chagall, cette femme aux cheveux dorés qui se penchait sur le bouquet de fleurs, avec ses grandes ailes étendues de chaque côté de son dos. Comment ce tableau était-il arrivé ici ? C'était sa mère qui l'avait emmenée voir une exposition sur Chagall. Éden avait dix ans. Elle était tombée en admiration devant cette toile. Elle avait serré la main de sa mère très fort et lui avait dit d'un ton assuré :

— Moi aussi, un jour, je serai un ange...

9.

— C'est cool les vacances, quand même ! déclara Louis en fermant les yeux.

— Oui ! Profitons, profitons !

Zec et Louis étaient allongés au soleil, sur la grande pelouse du parc. Le lycée avait fermé ses portes la veille pour les élèves de Seconde, afin que les salles de classe puissent accueillir les bacheliers en plein stress.

En cette belle journée de juin, les garçons s'offraient une petite séance de décompression. Autour d'eux, des dizaines d'enfants couraient, criaient, jetaient du pain aux canards, mais cette agitation ne perturbait pas les deux ados, couchés sur le dos, les bras repliés derrière la tête, les yeux clos.

— Elles ont encore poussé, tes ailes ? demanda Louis à voix basse.

— Oui, elles n'arrêtent pas. Hier, j'ai fait un essai et j'ai senti qu'elles étaient plus fortes. Le moment approche !

— Génial ! Vivement qu'elles soient plus grandes ! Tu sais que ça va nous faire faire des économies pour les vacances ? On n'aura pas besoin de prendre le train !

— « On » ? Comment ça « on » ?

— Ben tu vas me porter dans les airs, jusqu'au camping !

— Mais oui, c'est ça ! J'ai juste des ailes qui ont poussé, pas les biceps de Superman ! Dans tes rêves, je te porte ! J'arrive à peine à me soulever moi-même !

— Pfff, quel rabat-joie ! Je rêvais trop de voler avec toi !

— Je te ferai faire un tour si tu veux, mais je ne traverse pas la moitié de la France en te portant !

Les deux garçons se turent. Au bout d'un moment, Louis demanda encore :

— Tu as eu des nouvelles d'Éden ?

— Oui, elle m'a rappelé.

— Alors ?

— Ben c'est cool. On parle de tout et de rien. On compare la croissance de nos ailes, elle me raconte les livres qu'elle lit, on réfléchit à des pistes pour chercher les Livres-Monde. On a aussi discuté du fait que nos parents ne sont pas nos vrais parents.

— Alors ?

— Elle est trop bizarre. Elle le vit assez bien. Elle prétend qu'elle s'en est toujours doutée, parce qu'elle ne ressemble pas du tout au reste de sa famille. Elle m'a dit qu'elle avait toujours eu l'impression d'être un extraterrestre.

— Et elle avait raison ! s'esclaffa Louis.

— Carrément ! Moi, ça continue à me perturber, tu sais, mais parfois, j'oublie. Après tout, je n'ai pas d'autre famille. Même Eyver ne sait même pas qui sont mes vrais parents. Pour moi, mes vrais parents, ce sont eux qui m'ont élevé. Mais c'est... c'est... c'est compliqué.

— Elle est mignonne ?

Louis se redressa sur un bras et regarda Zec d'un air malicieux en mâchonnant un brin d'herbe arraché à la pelouse.

— Qui ?

— Éden, banane !

— Je n'en sais rien, je n'ai pas vu de photo.

— Tu ne lui en as pas demandé ?

— Heu... non, je n'y ai pas pensé.

— Mais tu as quoi dans la tête ? Moi, la première chose que je demande à une fille rencontrée sur le Net, c'est de voir sa tronche ! C'est essentiel !

— Louis, je n'ai pas trouvé Éden sur un site de rencontres, je te rappelle ! Peu importe la tête qu'elle a ! Ce n'est pas le plus important.

— Parle pour toi !

— Pourquoi ça t'intéresse autant ?

— Parce que ça me plairait d'avoir une copine qui a des ailes. Elle doit faire des trucs pas communs.

Zec leva les yeux au ciel.

— C'est pas possible, tu penses qu'à ça !

— Ben ouais !

Les deux garçons éclatèrent de rire.

En rentrant chez lui en début de soirée, Zec trouva sa mère dans le salon. Elle était installée devant son chevalet, occupée à peindre un paysage qui semblait sorti d'*Alice au pays des Merveilles*. Zec savait qu'une fois achevé, elle le scannerait et le retoucherait pour lui donner une allure futuriste. Il se planta derrière elle afin d'admirer son œuvre. Elle tourna la tête et lui fit un sourire. Le cœur de Zec se serra. Il s'imprégna de ce moment de douceur qu'il connaissait si bien. Finalement, il avait eu de la chance de tomber sur ces parents-là. Il était bien avec eux.

Il s'assit à ses côtés sur l'accoudoir du canapé. Elle posa son pinceau.

— Comment s'est passée ta première journée de vacances ?

— Très bien. On n'a rien fait avec Louis. Tu ne trouves pas que j'ai bronzé ?

Sa mère le scruta.

— Mmmmmh... Si, tu as pris un peu de rose aux pommettes. Ça fait ressortir tes yeux.

Elle se replongea dans son paysage, laissant Zec vagabonder en pensée. Son regard effleura le salon familier dans lequel il avait grandi. Il se revoyait jouer avec ses petites voitures sur le tapis.

Une question étrange surgit dans son esprit :

— Vous n'avez jamais eu envie d'avoir un autre enfant ?

La mère de Zec souleva un sourcil et se tourna vers lui.

— Si bien sûr... On a essayé, tu sais.

— Ah bon ?

— Oui, on a fait d'autres fécondations in vitro après toi, mais ça n'a jamais marché. Nos problèmes de stérilité étaient vraiment importants. Finalement, on a eu de la chance de t'avoir. Tu es notre miracle à nous !

Elle passa un doigt sur la joue de son fils en souriant.

Zec se sentit très ému. Il se dit que si Eyver n'était pas intervenu, ses parents n'auraient peut-être jamais eu d'enfants. Il était heureux d'être né chez eux. Peut-être que, génétiquement, il n'était pas leur enfant, mais en cet instant précis, il savait qu'il était bel et bien leur fils. L'amour et la confiance qu'il y avait entre eux remplaçaient tout le reste.

— Dis-moi...

— Oui ?

Zec hésitait. Il ne savait pas ce qui le poussait à poser cette question mais...

— À qui je ressemble le plus ?

— Ohhh, il faut que je te montre quelque chose !

Sa mère se leva, avec un sourire mystérieux et alla fouiller dans la bibliothèque.

— Ah ! Le voilà !

Elle sortit un grand livre à la couverture bleu layette et vint se caler près de son fils, sur le canapé.

— Regarde ça !

Elle ouvrit l'album de naissance de Zec et tourna quelques pages avant d'arriver là où elle voulait.

Il y avait deux photos côte à côte de bébés dans la même position. La première en noir et blanc et la seconde en couleurs.

— Alors ? demanda-t-elle.

— Quoi ?

— Les deux photos...

— Oui, et alors ?

— Celle en noir et blanc c'est moi et celle en couleurs c'est toi ! Tu étais mon portrait craché !

Zec se pencha sur les deux photos. Il y avait bien deux bébés chevelus, aux petits nez plissés, mais est-ce qu'ils se ressemblaient tant que ça ? Il n'aurait pas su le dire. Pour lui, tous les bébés avaient la même tête. Il ne voulait pas faire de peine à sa mère.

— Ah oui ! C'est dingue !

Sa mère se perdit dans la contemplation des photos.

— Ahhh, tu étais le plus beau bébé du monde.

Zec sourit à cette marque d'autosatisfaction maternelle.

Plus tard, curieux, Zec reprit l'album et l'ouvrit à la première page. Sa mère avait soigneusement consigné tout ce qui concernait les premiers mois de la vie de son fils, et même avant ! Il y avait toutes les échographies, que le jeune homme contempla en souriant. C'était étrange de se voir si petit. Sur l'une d'entre elles, il ne mesurait même pas dix centimètres ! Il tourna les pages, admirant les photos du ventre de sa mère s'arrondissant, jusqu'à la dernière, prise avant de partir à la maternité où elle était énorme, mais souriait à l'objectif en levant le pouce pour montrer que tout allait bien.

Enfin, il y avait des photos de Zec, bébé. Il avait une énorme touffe de cheveux noirs sur la tête. Ses yeux étaient tous les deux bleutés et ils n'allaient se dépareiller que quelques mois plus tard. Son père le tenait dans le creux du bras, visiblement ému et fier. Sa mère était pâle mais souriante, heureuse. Collé sur une page, il y avait même le bracelet qu'il portait à la maternité, et qui indiquait son nom et sa date de naissance. Il était vraiment minuscule !

Enfin, après les photos, venait le faire-part envoyé à la famille pour annoncer la naissance du petit Ézéchiel avec toutes ses mensurations. Sur la page d'après, sa mère avait collé les nombreuses lettres de félicitations écrites par les amis ou les parents plus ou moins proches.

Zec s'amusa à lire tout cela. Il n'avait jamais pris la peine de le faire avant. Mais aujourd'hui, il réalisait qu'un chapitre de son histoire était consigné dans cet album. C'était un bout de lui, une partie qui le constituait encore maintenant. Il ne se le rappelait pas, mais il avait été ce bébé joufflu, ce n'était pas un étranger qu'il contemplait. Il repensa à l'Avaleur de Mondes, qui avait purement et simplement effacé les mémoires, les âmes des Chébériens. Il prit réellement conscience, à cet instant précis, que la vie d'une personne ne se résumait pas seulement à ce qu'elle vivait au présent. Elle était également l'accumulation de ce qu'elle avait vécu, appris avant. C'était son histoire, sa mémoire qui la façonnait. Sans mémoire, on disparaissait, on n'était plus qu'une page vierge.

Les Chébériens avaient tout perdu en se perdant eux-mêmes. Comment avancer sans identité, sans passé ? Comment construire l'avenir sans ces bases ? Zec commençait à comprendre à quel point les nanopuces des Livres-Monde étaient essentielles. Il frissonna.

Pour échapper à ces pensées vertigineuses, il se replongea dans la contemplation de l'album. Les cartes de félicitations que ses parents avaient reçues étaient nombreuses. Visiblement, tout le monde était sincèrement heureux de la naissance de Zec.

Son regard tomba sur une carte qui représentait un soleil naïf avec un grand sourire dessiné sur le rond jaune. Une écriture nerveuse félicitait la famille pour la bonne nouvelle. En dessous de la phrase de politesses, des symboles étranges étaient griffonnés. La carte était signée Mélior.

Zec fronça les sourcils. Mélior ? Il avait entendu ce nom récemment, il fallait qu'il se souvienne quand... Il se revit dans le parc avec Eyver. Ce dernier lui racontait qu'il avait revu un Chébérien qui avait caché un des Livres-Monde. Il s'appelait Mélior.

C'était impossible ! Saisissant l'album, Zec se précipita dans la cuisine.

— Maman ! J'ai besoin de tes lumières !

— Dis-moi tout, mon chéri ! répondit sa mère sans se retourner. Elle était en train d'émincer des champignons avec concentration.

— J'ai un peu feuilleté l'album de naissance...

— Ça t'a rappelé des souvenirs ? demanda-t-elle d'une voix pleine de rires. Elle se retourna en essuyant ses doigts sur le tablier qu'elle avait noué autour de ses hanches.

— N'importe quoi... Non, j'ai trouvé quelque chose de bizarre...

Zec ouvrit le livre à la page qui l'intéressait sous le nez de sa mère et lui désigna la carte.

— Qui est Mélior ?

— Bonne question...

Elle relut le mot en fronçant les sourcils.

— Je ne me souviens pas d'un Mélior dans la famille. C'est peut-être du côté de ton père.

— C'est quoi ces symboles étranges ?

— Je me rappelle que je m'étais posé la question à l'époque, ça me revient... Je m'étais dit que ça devait être de l'hébreu ou du chinois. Peut-être une bénédiction, ou quelque chose dans le genre, mais à vrai dire, je n'en sais rien du tout. Il faudra que tu demandes à ton père quand il rentrera.

— Merci, maman !

Zec se précipita en trombe dans sa chambre. Il était persuadé qu'il n'y avait aucun Mélior dans la famille de son père. Il en aurait déjà entendu parler, ou il l'aurait croisé à une fête, à un mariage.

Il fallait qu'il en ait le cœur net et qu'il appelle Eyver. Ce dernier fut évidemment très intéressé par la découverte de cette carte et demanda à Zec de passer le voir chez lui. Le jeune homme lui promit de le faire dès le jour suivant...

Le lendemain matin, après son petit-déjeuner, une fois que ses parents furent partis à leurs bureaux respectifs, Zec se rendit chez Eyver. Ce dernier habitait à proximité, de l'autre côté du parc. Cela expliquait qu'il ait pu observer Zec de loin, toutes ces années, attendant le moment où il pourrait lui parler. Il pénétra dans un bel immeuble haussmannien à la pierre claire et aux balcons de fer forgé. Il emprunta l'ascenseur pour se retrouver au quatrième étage.

Il sonna à la porte. Un homme grand et maigre, au visage fermé, lui ouvrit.

— Bonjour, monsieur Ézéchiel, nous vous attendions.

— Ah... Bonjour.

— Je suis Jérôme, l'intendant de la maison de monsieur Eyver. Je m'occupe de lui, de tout ce dont il a besoin.

— Enchanté alors.

Jérôme s'effaça et laissa entrer Zec dans l'appartement. Les hauts plafonds étaient ornés de moulures, le parquet ambré était recouvert de tapis épais. Le mobilier semblait sortir tout droit du château de Versailles. Zec avança timidement, suivant l'intendant le long d'un couloir qui desservait plusieurs pièces décorées avec soin. Tout était parfaitement ordonné, rangé, silencieux. Zec se dit que sa mère adorerait cet endroit.

Il trouva Eyver assis dans un immense salon, où le soleil coulait à flots par la fenêtre ouverte. L'homme, installé dans son fauteuil roulant, semblait somnoler, profitant de la chaleur, mais dès que Zec entra dans la pièce, il ouvrit les yeux et sourit d'un air joyeux.

— Bienvenue, Ézéchiel. Je suis ravi de te voir. Tu es mon petit bonheur du jour. Si tu savais comme mes journées sont monotones depuis que je suis cloué sur cette chaise de malheur... Viens, assieds-toi. Qu'est-ce que tu bois ?

— Heu... un coca ?

— Jérôme, pouvez-vous apporter un coca à ce jeune homme ? Pour moi, ce sera un thé Earl Grey.

Jérôme hocha la tête avec savoir-faire :

— Tout de suite, monsieur.

Dès qu'il quitta la pièce, Eyver se pencha vers Zec et lui dit, sur le ton de la confidence :

— Ce Jérôme est une perle. Je ne sais pas ce que je ferais sans lui.

Puis reprenant une voix normale, il enchaîna :

— Alors, tu m'as apporté cette carte ?

— Oui, bien sûr !

Zec s'empressa de farfouiller dans la petite sacoche qu'il portait en bandoulière. Il finit par mettre la main dessus et la tendit à Eyver.

— Il faudra me la rendre pour que je la remette dans l'album : maman va me tuer si elle s'aperçoit qu'elle n'y est plus.

Eyver s'esclaffa.

— Ne t'en fais pas, elle sera de retour à sa place très vite.

Eyver posa sur son nez une paire de lunettes. Il regarda la carte longuement. Jérôme eut le temps de leur servir leurs boissons et de repartir avant que le vieil homme ne pousse un soupir.

— Zec, je crois que tu as mis la main sur la pièce manquante. C'est indéniablement Mélior qui a écrit cette carte, et il a laissé un message en chébérien.

— Comment me connaissait-il ?

— Il était au courant de ton existence, évidemment. Je l'ai revu quelquefois après qu'il eut caché le Livre-Monde, comme les autres Chébériens d'ailleurs. Je crois qu'on avait tous besoin de se retrouver pour être sûrs que Chébérith n'avait pas été un rêve. On en parlait, on tâchait de rassembler les souvenirs qui nous restaient... Pour lui donner de l'espoir, pour lui prouver que tout ce que nous avions fait n'était pas vain, je lui ai parlé de toi. Je lui ai montré ta mère enceinte. Il a dû continuer à se tenir au courant de son côté et a trouvé ce moyen pour laisser une indication. C'est futé.

— C'est vrai, mais si je n'avais jamais regardé dans mon album ?

— Tu aurais fini par le faire, Zec, c'était logique, après que je t'ai révélé la vérité sur tes parents.

— Oui...

Zec n'osa pas dire que c'était sa mère qui avait ressorti les photos. Il ne savait pas s'il l'aurait fait de lui-même, malgré les révélations d'Eyver. Les photos de bébés, c'était plutôt un truc de filles. Mais l'essentiel était que la carte fût entre les mains d'Eyver.

— Que dit son mot ?

Le vieil homme se pencha à nouveau sur le message.

— Je n'en sais rien.

— Quoi ? Mais je croyais...

— Oh ne t'en fais pas, c'est bien du chébérien, mais là, je n'arrive pas à le lire, ma mémoire me fait défaut. Je sais que je connais ces symboles, mais je ne parviens pas à les associer à des mots. Je vais devoir reprendre du Mémo pour m'aider, mais je vais y arriver, Zec, ne t'en fais pas.

— Ça ne va pas aggraver votre maladie ? On ne peut pas trouver un autre moyen ?

— Hélas non. Mais tu n'as pas à te soucier de cela. J'ai l'habitude et comme je te l'ai expliqué, j'ai accepté cette mission en connaissance de cause. Je sais que le Mémo finira par me détruire, mais si toi, de ton côté, tu arrives à recréer Chébérith, j'aurai la chance de revenir indemne, aussi fort qu'avant.

Ces mots ne suffirent pas à réconforter Zec.

— Je ne peux pas apprendre à lire le chébérien ?

— Si, tu le pourrais, mais cela prendrait trop de temps. Il est plus simple que je le fasse moi-même. Et cela ne me fera pas de mal de me souvenir de ma langue maternelle. Je pense que l'on en aura encore besoin.

— Très bien alors...

Zec n'osait pas regarder Eyver en face. Il avait, encore une fois, l'impression d'être la cause de tous ses maux.

— Tu peux rentrer chez toi, mon garçon. Je t'appellerai quand j'aurai déchiffré ce qu'il est écrit sur cette carte.

Zec hocha la tête et prit congé d'Eyver, guidé par Jérôme.

Il rentra chez lui, à la fois impatient et inquiet de découvrir ce que cachait la carte...

10.

Du bout des doigts, il caressa une feuille posée sur la cime d'un grand arbre. À ses pieds, la ville animée se déployait sous le soleil. De là-haut, Zec l'observait, ainsi que son ombre qui défilait sur le bitume surchauffé. Pourtant, personne ne le voyait, personne ne levait la tête vers sa silhouette planant dans le ciel. Il était le témoin invisible de la vie quotidienne de son quartier.

Il avait déjà rêvé qu'il volait, mais c'était comme s'il nageait dans l'air : il fallait qu'il agite ses pieds et ses mains pour avancer, pour monter ou redescendre.

Cette fois, il avait des ailes. Il sentait leur battement régulier, leur duvet soyeux frôler son dos. Il découvrait combien c'était facile de se déplacer ainsi ! Instinctivement, il suivait les courants d'air qui circulaient autour de lui, montait, descendait, dans le silence total. Même l'agitation de la rue était silencieuse. Il ne percevait que la sensation que lui procurait son vol.

C'était un bonheur indicible, et il ne voulait surtout pas que ça s'arrête. Et quand le rêve s'effilocha et que la réalité imprégna sa conscience, le tirant du sommeil dans lequel il était plongé, Zec se sentit empli de regrets : ce qu'il venait de vivre n'était pas la réalité, mais juste un songe aux reflets de bonheur.

Il ouvrit les yeux, son visage enfoncé dans l'oreiller. Il était allongé sur le ventre. Alors qu'il s'éveillait complètement, il se rendit compte que dans son sommeil, ses ailes s'étaient entièrement déployées et qu'elles battaient légèrement dans le vide.

Celle de droite s'étirait dans sa chambre, comme un fantôme duveteux flottant dans la pénombre des volets clos en cette fin de journée. L'autre, bloquée par le mur, était restée à moitié pliée, mais elle s'était mise au tempo du vol qui l'avait transporté pendant sa sieste.

Le jeune garçon releva la tête. Ses ailes se replièrent dans son dos alors qu'il se redressait. Il se leva et se tint debout au milieu de sa chambre. Il était encore imprégné des sensations de son rêve. Il déplia ses ailes qui avaient beaucoup poussé. Déployées, elles étaient longues, larges et fortes. Zec les fit battre doucement. La puissance qu'elles dégagèrent le surprit et il faillit basculer en avant.

— Ooooh... murmura-t-il. C'est dingue... Est-ce que...

Il battit plus fort, plus fort encore... et il décolla. Ses pieds se soulevèrent d'une trentaine de centimètres. Il regarda ses doigts de pied flotter au-dessus du sol. Il fut tellement surpris qu'il ne géra plus ses ailes et retomba lourdement sur la moquette.

— Wow, wow, wow ! s'écria-t-il en reprenant son équilibre. Ça y est, je crois que ça y est ! ! !

Une excitation folle envahit tout son être. Il remonta le store de sa chambre et le soleil inonda la pièce. Le ciel était d'un bleu pur qui l'attirait. Il mourait d'envie d'ouvrir la fenêtre et de plonger dans l'azur. Mais il savait que c'était irraisonné. Il n'avait décollé que de trente centimètres, rien ne lui prouvait qu'il arriverait à planer quatre étages au-dessus de la rue. Il fallait qu'il essaie autrement.

— Je peux voler ! Je suis sûr que je le peux ! Il faut que je vérifie si ça marche ! Je dois trouver une idée !

Incapable de se calmer, il se mit à tourner dans sa chambre comme un fauve en cage. Enfin, une solution commença à prendre forme dans son esprit. Oui, c'était une bonne idée. Il fallait qu'il appelle Louis.

Sans plus attendre, Zec composa le numéro de son ami, qui répondit immédiatement.

— Louis, je dois voler !

— Quoi ? Pourquoi ? Qu'est-ce qui se passe ?

— Rien, mais j'ai fait un rêve et je suis sûr que je peux enfin m'envoler, que mes ailes sont prêtes !

— Tu crois ?

— Il faut que j'essaie !

— Et si ça ne marche pas ? Si tu tombes ?
— Je ne suis pas obligé de sauter par la fenêtre ! Je peux faire autrement !

Zec exposa son idée à Louis, qui fut rapidement emballé par le plan de son ami.

Quand il raccrocha, Zec se laissa retomber sur son lit, le cœur battant follement. Il était sûr que c'était le moment... Vivement que la soirée débute !

Il était plus de 22 heures quand Louis retrouva son ami en bas de l'immeuble.
— Tu n'as pas eu de problème pour sortir ? lui demanda Zec.
— Non, j'ai dit à mes parents que j'allais chez toi. Et toi ?
— Ils ne sont pas là ce soir, ils sont allés au ciné en amoureux.
— Super, alors allons-y !

La soirée était douce, de celles où l'air semble immobile, où le temps paraît suspendu. Il n'y avait presque personne dans les rues et, par les fenêtres ouvertes des appartements, on entendait des bribes de voix et d'émissions télévisées.

Zec, tous ses sens en éveil, ressentait chacun de ces détails avec une acuité incroyable. Il était à la fois excité et calme, heureux et un peu angoissé.

Avançant d'un pas vif, les deux garçons arrivèrent devant la grille close du parc dans lequel Zec faisait son jogging habituellement.

— Prêt ? demanda Louis.

— Tout à fait prêt ! affirma Zec.

Ils longèrent le trottoir jusqu'à une petite place qui se trouvait devant une autre entrée. Curieusement, un banc avait été installé contre les barreaux métalliques de la grille du parc, comme pour les aider à aller au bout de leur idée. Louis sauta sur le banc et grimpa sur son dossier. Jetant un œil aux alentours afin de s'assurer que personne ne le voyait, il fit un bond et s'agrippa au sommet de la grille, puis se hissa sur cette dernière avant de passer de l'autre côté et de sauter sur la pelouse. Zec exécuta la même cascade avec souplesse. Ce n'était pas une première pour eux. Ils l'avaient déjà fait un soir d'août de l'année passée pour regarder les étoiles filantes, allongés sur l'herbe, et une autre fois, après avoir relevé un pari stupide lancé au lycée.

Marchant rapidement et courbés, ils se dépêchèrent de se glisser derrière une haie d'arbres. Là, ils purent se détendre et filer vers le pont. C'était une passerelle qui surplombait une partie du jardin, s'élevant à quatre mètres au-dessus du sol. Les deux garçons en grimpèrent les marches à toute allure et arrivèrent enfin à l'endroit où elle enjambait le canal sur lequel quelques canards flottaient paisiblement, profitant du calme de la nuit.

C'était de là que Zec avait prévu de se lancer pour tenter son premier vol. S'il tombait, il atterrirait dans l'eau, limitant les risques. Le garçon posa ses deux mains sur la rambarde et regarda d'abord en bas, afin d'évaluer la distance en cas de chute, puis en haut, vers le ciel où scintillaient quelques étoiles lointaines. L'une d'elles était-elle le soleil de Chébérith ?

— Tu es toujours décidé ? chuchota Louis en tapant sur l'épaule de son ami.

— Oui. Je sais que c'est le moment. Dans mon rêve, c'était tellement... évident...

— J'espère que tu as raison. Parfois, moi, je rêve de ces trucs... Ça ne veut pas dire que ça m'est arrivé ensuite. Dommage d'ailleurs.

— Écoute, on va vite le savoir.

Zec ôta son t-shirt pour accompagner ses paroles. Il faisait tellement bon qu'il ne frissonna pas, ou alors juste un peu, mais d'excitation.

Sans attendre, il grimpa sur la rambarde, aidé par Louis qui le maintenait en équilibre en agrippant ses jambes. Zec se retrouva debout, au bord du vide. Plus bas, le canal était lisse et l'eau reflétait son ombre sombre. Il poussa un profond soupir et déploya ses ailes. Ouvertes de cette manière, elles étaient impressionnantes, immenses, blanches, irréelles.

Le jeune garçon était majestueux, perché ainsi, tel un ange vêtu d'un jean. Louis avait relevé la tête et restait sans voix devant son ami, tellement exceptionnel à ce moment.

Enfin, Zec écarta les bras et souffla :

— Lâche-moi !

Louis hésita à peine et libéra son ami de son étreinte. Zec se laissa tomber en avant, comme s'il allait plonger. Il sentait son cœur qui cognait comme un fou dans sa poitrine alors qu'il chutait. L'eau noire du canal se rapprocha, mais si peu... Sans qu'il eût besoin de réfléchir, son instinct prit le dessus et ses ailes se mirent à battre, soulevant l'air autour de lui, le redressant, le faisant remonter, plus haut, encore plus haut. Jusqu'à ce que son visage soit tourné vers les étoiles, jusqu'à ce qu'il sente l'air se rafraîchir autour de lui, jusqu'à ce qu'il réalise complètement qu'il volait vraiment, que, cette fois-ci, ce n'était pas un rêve. Il s'arrêta, perché dans le vide, ses ailes remuant juste ce qu'il fallait pour qu'il ne retombe pas. Il regarda sous ses pieds.

Loin en dessous, le canal du parc ressemblait à une écharpe d'aluminium reflétant la lumière de la lune qui commençait à se lever. Les arbres plongeaient en grosses touffes mouvantes dans l'obscurité de leurs propres feuilles. Sur la passerelle, Louis n'était plus qu'une petite silhouette pâle. Devant lui, la ville s'étalait en méandres lumineux, les fenêtres des immeubles éclairées de la chaleur des foyers. Il volait ! Il volait réellement !

Envahi par un violent sentiment de bonheur, Zec sentit des larmes de joie couler sur ses joues. Puis, poussant un cri presque animal, il se laissa retomber et piqua la tête la première sur la passerelle où Louis l'attendait, se tordant le cou pour apercevoir son ami.

Louis, émerveillé, bouche bée, contemplait Zec qui fonçait vers lui, ses ailes repliées derrière son dos. Puis ce dernier les ouvrit, ralentit, se redressa et se posa doucement sur le pont, comme s'il avait fait ça toute sa vie. Louis l'accueillit, hurlant d'excitation :

— Ouahou Zec ! C'est génial ! Tu l'as fait, tu l'as vraiment fait ! Comment tu y arrives ?

— Je ne sais pas... C'est naturel... C'est comme si j'avais toujours su voler ! Comme si c'était inscrit en moi ! Oh Louis, tu ne peux pas imaginer la sensation que c'est !

Et Zec, d'un coup de talon, se retrouva perché à deux mètres au-dessus de son ami.

— Viens, je vais te faire découvrir !

Il saisit Louis sous les aisselles et battit des ailes un peu plus fort. C'était moins facile en soulevant quelqu'un, mais il avait assez de force pour les faire décoller tous les deux de plusieurs mètres. Louis riait comme un fou, pris dans le tourbillon de ce moment inconcevable. Zec ne pouvait pas le porter trop longtemps, mais il le fit monter encore, puis effectua un petit tour avant de le reposer sur la pelouse.

Zec sentait sa poitrine se soulever à toute vitesse, la respiration rapide et saccadée. Ce n'était pas d'essoufflement, mais d'émotion, de bonheur. Ce qu'il vivait à cet instant précis était indescriptible. Il avait envie de passer la nuit dans le ciel, de ne faire plus qu'un avec les courants d'air.

— Chaque fois que je me sentirai encombré de trop de soucis ou trop différent à cause de mes ailes, je repenserai à ce moment, je m'évaderai quelques minutes dans le ciel... murmura Zec.

— Sois prudent quand même, il ne faut pas qu'on te voie !

— Ne t'en fais pas. Je ne compte pas voler dans la rue en plein jour ! Mais je pense que la nuit, parfois, j'irai faire un tour, juste pour ressentir encore cette impression de bonheur...

Zec se demanda si Éden avait déjà volé, elle aussi. Avait-elle eu le courage de se lancer ? Ne tenant pas en place, il s'élança à nouveau dans le ciel, attentif à chaque mouvement des muscles qui agitaient ses ailes, à l'air qui glissait autour de lui.

Il ne se lassait pas de tournoyer dans la fraîcheur de la nuit, fermant les yeux, se laissant envahir par cette sensation intense, cet événement extraordinaire qu'il avait la chance de vivre. Finalement, épuisé, il finit par se poser près de Louis.

Ils restèrent silencieux. Il y avait trop à dire et pas assez de mots.

11.

La sonnerie du téléphone réveilla Zec brutalement. Il ouvrit un œil pour constater qu'il n'était que 9 heures du matin et décrocha sans même regarder qui appelait.

— Allô ? grogna-t-il d'une voix pâteuse.

— Zec ? Tu dors encore ?

— Louis, tu es déjà réveillé ? Il n'est que 9 heures !

— Je sais. C'est ma sœur qui s'est faufilée dans ma chambre pour piquer ma DS. Mais mon piège à sœur a super bien fonctionné : elle s'est pris les pieds dans les fringues que j'ai laissé traîner et elle s'est fracassée par terre. Du coup, ça a pourri ma grasse matinée.

— Alors tu as décidé de pourrir la mienne, c'est ça ?

— On est solidaires, mon pote, tu le sais bien. Et je croyais que tu serais déjà debout pour attendre des nouvelles d'Éden.

— Des nouvelles...

À ce moment-là, une mini décharge électrique dans l'esprit de Zec le réveilla complètement.

— On est samedi ?

— Hier on était vendredi, alors je crois que oui !

— Ohhhh ! Avec ces vacances, j'ai perdu la notion du temps ! Il faut que je prépare tout, elle va bientôt atterrir !

Zec raccrocha et sauta hors de son lit en maugréant contre son oubli. Dire qu'Éden allait arriver, que sa chambre était dans un désordre monstre, qu'il avait les cheveux en pétard, les ailes fripées et une haleine de chacal ! Il était temps de se mettre au travail pour remédier à tout cela.

À ce moment-là, son téléphone sonna à nouveau, affichant un numéro inconnu. Zec décrocha précipitamment.

— Allô ?

— Zec, salut, c'est Éden ! Ça y est, je suis arrivée ! Je suis chez mon oncle, là !

— Super ! Tu as fait bon voyage ?

— Bof. Je n'arrive jamais à dormir dans un avion. En plus j'avais trop de choses dans la tête à cause de... « tu sais quoi ».

— Oui, je comprends. Tu viens quand, pour qu'on parle de tout ça ?

— Écoute, j'aurais aimé te voir cet après-midi, mais j'ai la tête méga explosée et mon oncle serait vexé si je ne restais pas un peu avec la famille. Alors je te propose de venir chez toi demain dans l'après-midi.

— Demain ?

Zec était déçu. Mais finalement, ça lui laissait le temps de s'organiser un peu. De plus, ses parents ne seraient pas là, ils allaient rendre visite à des amis.

— Ok, à demain ! Je t'attends avec impatience !

— Moi aussi, je frôle l'hystérie ! Allez, plus que quelques heures ! Je t'embrasse et à demain.

— À demain !

À peine avait-il raccroché que Louis le rappela.

— J'étais en attente, tu étais en ligne ? C'était Éden ?

— Oui, c'était Éden.

— Elle est arrivée ?

— Elle est chez son oncle. Elle vient me voir demain.

— Génial ! Je suis impatient !

— Oui, j'avais remarqué ! On dirait que c'est toi qui dois retrouver les Livres-Monde !

— Et alors ? J'ai le droit d'aider mon meilleur pote dans sa mission, non ?

— Je me demande de quelle mission tu parles exactement... fit remarquer Zec en riant.

Il passa son samedi après-midi à ranger sa chambre. Il voulait que tout soit parfait pour l'arrivée d'Éden. Il tria ses cours, rangea ses vêtements, passa l'aspirateur... Sa mère, étonnée de le voir s'activer de la sorte, vint frapper à sa porte.

— Zec ? Tout va bien ?

— Bien sûr ! Pourquoi ?

— Je rêve ou tu ranges ta chambre ?

— Non, tu ne rêves pas. J'avais... j'avais envie d'y voir plus clair dans mon bor... bazar.

— Oh ! Eh bien alors... Je ne peux que t'encourager dans cette voie... dit sa mère en continuant à jeter un œil surpris sur la chambre rutilante de son fils. Je te laisse à tes saines occupations...

Elle s'apprêta à sortir de la pièce, mais se retourna sur le pas de la porte.

— Zec ?

— Quoi ?

Son ton était légèrement agacé.

— Tu as une petite amie ?

— Hein ? Qu'est-ce que tu racontes ?

Malgré lui, il se sentit rougir.

— C'est juste que... ce matin tu as passé beaucoup de temps dans la salle de bains et là... ta chambre...

— Je n'ai aucune petite amie. J'ai le droit d'avoir envie de me sentir bien, non ?

— Ok, ok, ne t'énerve pas. De toute façon, tu as aussi tout à fait le droit d'avoir une copine.

— Maman... Je n'ai pas de copine !

— Bien, bien, je m'en vais, oublie que j'étais là !

Elle sortit de la chambre. Seul, Zec haussa les épaules.

— Pourquoi il faudrait absolument qu'il y ait une fille dans l'histoire... Je range ma chambre si je veux... maugréa-t-il à voix basse.

Mais en repensant à Éden, il s'arrêta dans son mouvement. En réalité, il devait avouer qu'il y avait bien une fille derrière tout ça. Il se demandait à quoi elle ressemblait. Finalement, Louis avait raison, il aurait dû lui demander une photo. Il chassa cette idée de sa tête et se remit à son ménage en réfléchissant à la façon dont il s'habillerait le lendemain...

Dimanche arriva enfin. Zec avait encore passé beaucoup de temps dans la salle de bains, cherchant comment arranger la mèche noire qui barrait son front. Devait-il la ramener en arrière ou la laisser libre devant ses yeux, lui donnant ainsi un air mystérieux ? Il se décida pour la seconde option. Il piqua un peu d'eau de toilette à son père et choisit soigneusement ses vêtements (un t-shirt noir avec un jean, simple, mais classe, pensait-il).

Il se retrouva seul chez lui, à tourner en rond d'impatience. Pour s'occuper, il alluma la télé, zappa et l'éteignit. Il alla boire un verre d'eau, surfa sur le web... Et enfin, la sonnette de la porte qu'il attendait tant retentit, le faisant se lever comme un diable de sa boîte. Il se précipita pour ouvrir à Éden, le cœur battant, et découvrit la jeune fille plantée sur le paillasson : elle était de taille moyenne, toute fine, avec une peau couleur pain d'épice. Une cascade de boucles miel encadrait un visage en amande. Elle leva son regard vers Zec et un sourire illumina ses yeux dorés.

— Zec, c'est toi ?

— Salut Éden !

Le garçon se sentit étreint d'une étrange émotion. Elle était là, devant lui !

Il reprit contenance et lui dit précipitamment :

— Entre donc, ne reste pas plantée là !

Il s'effaça pour la laisser passer et la guida jusqu'au salon. Il ne savait pas quoi dire. Il lui fit signe de s'asseoir. Éden prit place sur le canapé et sourit encore. On avait l'impression que tout s'illuminait autour d'elle. C'était presque magique.

— Tu veux boire quelque chose ? lui proposa-t-il en se disant que c'est ce que sa mère aurait fait.

— Oui, volontiers, si tu as quelque chose de frais. Il fait super chaud aujourd'hui.

Zec s'échappa dans la cuisine et servit un grand verre de coca qu'il rapporta à Éden.

— Merci.

Il s'assit près d'elle. Il n'osait pas la regarder.

Le silence s'installa entre eux. Zec ne savait pas trop quoi lui dire... Heureusement, ce fut elle qui rompit le silence.

— Je suis heureuse d'être ici. Même si on a beaucoup parlé ces derniers jours, je devais te voir en vrai. Peut-être pour m'assurer que tout ceci est bien réel.

— Moi aussi je suis soulagé de te rencontrer. Je me sens tellement seul, avec mes ailes et ce secret…

Éden lui sourit.

— Tu n'es plus seul à présent. Et moi non plus d'ailleurs. C'est nouveau pour moi. Je suis une grande solitaire…

Elle avala une gorgée de soda et enchaîna :

— Comment tu vois toute cette histoire, toi ?

— En fait, je ne sais pas trop. Je crois que j'ai encore du mal à réaliser tout ce qui m'attend.

— C'est normal. Tu ne t'es jamais douté de rien ?

Zec prit le temps de répondre. Y avait-il eu des indices, dans sa vie, qui auraient pu lui permettre de deviner qui il était vraiment ?

— Non. Et toi ?

Éden sourit et posa son verre.

— En fait, j'ai souvent fait des rêves bizarres. Je voyais des personnes qui me parlaient, toujours les mêmes… Et des paysages étranges aussi… Des endroits où je ne suis jamais allée. Pourtant, en les visitant dans mon sommeil, je savais que je les connaissais. Tu as déjà entendu parler de mémoire ancestrale ?

Zec secoua la tête négativement.

— Certaines personnes prétendent que chaque individu porte en lui la mémoire de ses ancêtres. C'est ce qui lui permet à la fois de se fixer un cadre moral et de se définir dans son présent, en utilisant inconsciemment le savoir de ses ascendants… Tu me suis ?

— Je crois…

Zec était sidéré du savoir d'Éden.

— Je me suis souvent demandé si ces rêves n'étaient pas des réminiscences de ma mémoire ancestrale. Et maintenant que je sais que je viens d'ailleurs, ça semble se confirmer ! conclut Éden triomphalement. Elle avait l'air très contente de faire ce constat, comme si cette question l'avait taraudée de nombreuses années et qu'elle était soulagée d'avoir enfin des réponses.

Elle se tourna vers Zec, le visage radieux.

— Et tes ailes ? Tu te fais à leur présence ?

— Oui ! Heureusement qu'elles sont fines et se plient facilement sous les vêtements, sinon, je ne sais pas comment je ferais !

Le jeune homme était heureux de pouvoir aborder un sujet plus familier.

— Exactement. Je ne suis pas obligée de porter des vêtements trop larges... Malgré tout, je me suis tassée à l'aéroport, aux contrôles. J'avais peur que les types de la sécurité voient quelque chose de bizarre et me causent des problèmes. Tout le monde est tellement méfiant aujourd'hui !

— Tu as déjà essayé de voler ? demanda Zec.

Éden baissa la tête.

— Non, pas encore. Je n'ai pas pu trouver un endroit pour le faire discrètement, et puis j'avoue que ça m'angoisse.

— Je te comprends et en fait...

Zec aurait voulu lui raconter sa propre expérience,

le bonheur intense qu'il avait ressenti le soir où il avait voltigé dans le ciel sombre du parc, mais il n'en eut pas l'occasion car la sonnette de la porte d'entrée retentit.

— Je crois savoir qui c'est... murmura Zec. Il se leva pour ouvrir et Louis entra dans le salon sans attendre.

— Alors mon pote, tu as une invitée et tu ne me préviens même pas !

Zec soupira.

— Éden, je te présente Louis, mon meilleur ami. Ne t'inquiète pas, il est au courant de tout.

Éden se leva et Louis lui fit la bise.

— Salut Éden, je suis super content de te rencontrer. Je me demandais à quoi pouvait ressembler une fille avec des ailes.

— Et alors ?

— Ben je ne suis pas déçu !

Machinalement, ils se rendirent dans la chambre de Zec. C'était une habitude qu'il avait avec Louis, c'était là qu'ils se faisaient toutes leurs confidences. Parler de tout ça dans le salon leur paraissait incongru, comme si les parents de Zec étaient là et pouvaient les entendre.

— Ouah, il y a eu une tempête ici ou quoi ? demanda Louis en admirant la chambre parfaitement ordonnée de son ami.

— Non, pourquoi ? répondit Zec d'un air innocent. Éden et moi on faisait connaissance.

— Zec m'a raconté que tu étais hyper excitée à l'idée de chercher les Livres-Monde.

— C'est vrai, je trouve que c'est une mission exaltante.

— Tu n'as pas peur que ça soit dangereux ?

— Si, mais je pense surtout aux Chébériens. On me donne la chance de faire de ma vie quelque chose d'important, de sortir de mon petit monde égoïste, de faire le bien, de sauver un peuple en entier. C'est... merveilleux.

— C'est quand même une sacrée responsabilité. Si on n'y arrive pas, Éden ? Si on ne retrouve pas les Livres ?

Zec avait très peur de l'échec. Il craignait d'avoir sur la conscience le poids des âmes de personnes qui, dans leur long sommeil, comptaient sur lui pour reprendre le fil de leurs vies ; il trouvait ça angoissant, écrasant même.

Éden soupira et saisit la main de Zec, immense à côté de la sienne.

— Au moins, on aura essayé. L'échec, c'est quand on baisse les bras, qu'on abandonne.

Zec resta silencieux en serrant la main d'Éden. Elle avait raison. Il fallait tout tenter. Si ensuite, il s'avérait que les Livres-Monde étaient introuvables ou perdus, ce ne serait pas de leur faute. Il se sentit plus léger.

— Tu as raison, Éden. Il faut qu'on aille au bout.

On ne peut pas laisser les Chébériens perdus dans les limbes de l'oubli.

À ce moment-là, une voix synthétique jaillit de l'ordinateur de Zec qui était en veille.

« Vous avez un nouveau message. »

Éden retira sa main. Zec se tourna vers sa machine et la remit sous tension. Sur sa messagerie, il découvrit son expéditeur.

— C'est Eyver ! s'écria-t-il en cliquant fébrilement sur la petite icône représentant une enveloppe fermée.

Le message s'ouvrit. Éden et Louis, penchés par-dessus les épaules de Zec, en lurent le contenu en même temps que lui :

Cher Ézéchiel,

Je suis désolé de ne pas avoir appelé plus tôt, mais les effets du Mémo ont été très violents et ma crise a duré longtemps. Je suis encore allongé et Jérôme m'a apporté mon ordinateur au lit pour que je puisse t'écrire. J'ai réussi à déchiffrer le mot de Mélior. Il s'agit simplement d'une adresse, d'un lieu, ici à Paris. Il se situe au 5, rue de Furstenberg, dans le 6ᵉ arrondissement. Je ne sais pas ce qu'il y a là-bas, mais je pense qu'il serait bon que tu t'y rendes afin de comprendre pourquoi Mélior a laissé cette indication. N'hésite pas à me tenir au courant de la suite des événements. Je pense qu'Éden a dû arriver. J'aurais aimé la rencontrer, mais je suis encore trop affaibli pour la recevoir. J'espère aller mieux très vite. Je t'appellerai alors et il faudra que tu me présentes cette jeune fille. En attendant, détruis ce message après lecture pour ne laisser aucune trace de son contenu. On ne sait jamais...

Bon courage pour la suite, et à très bientôt,

Eyver

— Zec, tu connais la rue de Furstenberg ? demanda Louis.

— Pas du tout ! Attends, je regarde dans l'annuaire.

Zec se connecta au site en question et tapa l'adresse que lui avait indiquée Eyver. Le résultat s'afficha aussitôt.

« Librairie du Temps d'Avant. »

— Une librairie ! s'exclama Zec.

— Génial ! Il est cool Mélior ! Il a caché le bouquin dans une librairie, ça va être une partie de rigolade de le récupérer !

— Louis, je ne suis pas sûre que ce soit si simple que ça... murmura Éden en fixant le résultat de la recherche, comme s'il allait se mettre à parler pour délivrer son secret.

— Mais si, tu es trop pessimiste ! Un livre caché dans une librairie, ça passe inaperçu, c'est hyper malin ! Il ne reste plus qu'à aller le cueillir.

— Ça ne sert à rien de jouer aux devinettes, coupa Zec. On verra bien sur place ce qui nous y attend...

UN BLOG QUI ZEC ZAG !

Je suis toujours vivant !

Je sais que je n'ai pas été très assidu sur mon blog ces derniers jours, mais disons que la vie m'a réservé une surprise de taille ! Non, même sous la torture, je ne dirai rien !

Bon allez, d'accord, un petit peu alors ! Voilà, pour tout vous avouer, je suis devenu un superhéros et j'ai une mission : sauver le monde. Mais, si, c'est vrai ! Tsss, j'en vois qui ricanent dans le fond !

Je suis devenu un superhéros, avec des superpouvoirs et j'ai une supermission. Quand on regarde un film de superhéros, on se dit que c'est génial, qu'on aimerait être comme eux ! Qui n'a jamais eu envie d'être Superman, de pouvoir voler, d'être invincible, de voir à travers les fringues de filles ?

Ou alors d'être Spider-Man, de grimper aux murs et de se balader sur les toits de New York ? En tout cas, moi, ça m'a toujours fait délirer.

Maintenant que je suis devenu un superhéros, j'admets que c'est pas aussi dément que je l'imaginais. Ça fait vraiment flipper d'avoir la responsabilité de sauver le monde. Et si jamais ça marchait pas ? Ce serait à cause de moi...

Et puis je n'ai pas encore vu le méchant, mais il va certainement me tomber sur la tête bientôt, c'est comme ça dans toutes les histoires.

Et je vous raconte pas le truc pour cacher ma double identité. Je ne peux même pas me planquer derrière des lunettes comme Clark Kent, ça ne me va pas du tout.

Bref, après quelques jours dans la peau d'un superhéros, je vous le dis, c'est pas facile du tout !

Alors, si vous ne me voyez pas très souvent sur mon blog cet été, ne vous inquiétez pas, c'est que je suis en mission spéciale. Ça prend un max de temps, d'être un superhéros. Ah oui, autre chose, je vous demanderai de ne rien révéler à personne. C'est un secret entre vous et moi, ok ?

Posté par Louisle14e à 21 h 54

Mon pote, tu me fais mourir de rire. Alors, si toi tu es un superhéros, genre Batman, laisse-moi devenir ton Robin ! Allez, steuplé !

Posté par Lillylagrenouille à 22 h 01

Ah ! Tu es vivant ! Je commençais à m'inquiéter ! Déjà, tu me fais grave craquer, mais en plus, tu es un superhéros. Arrête, j'en peux plus là ! Tu dois être trop sexy dans ton costume ! En tout cas, si je suis en danger, je sais à qui faire appel pour me sauver. Au secours Zec ! Je suis en danger ! ;-)

Bisous mon bel héros !

Posté par Belleféegore à 23 h 28

Ouah ! Mon cousin germain est un superhéros ! Et tu crois qu'il y en a d'autres dans la famille ? Moi, ça me plairait bien d'être Wonder Woman, surtout pour ses mensurations ! Trêve de rigolade, on se voit quand ? J'ai l'impression que ça fait un siècle qu'on n'est pas allé se faire un truc ensemble ! Tu me manques Kzin !

Gros bisous

Posté par Blogaddict à 23 h 36

Eh ben mon vieux, ça ne te réussit pas les vacances ! T'as fumé des champignons avariés ou quoi ? Faut arrêter de regarder les séries télé, les héros, ça n'existe pas ! Enfin, au moins, tu me fais bien rigoler.

Tchô !

12.

Éden attendait déjà les garçons devant le numéro cinq de la rue de Furstenberg depuis plus de vingt minutes quand elle vit arriver Zec et Louis. C'était une courte rue calme, près de Saint-Germain-des-Prés. En son milieu s'élargissait une petite place carrée où un arbre au large feuillage dispensait de l'ombre. C'était dans un coin de cette place que se trouvait la boutique. Sa devanture ancienne à la peinture passée était minuscule et, dans la vitrine, de vieux livres s'empilaient en pagaille étudiée. C'était bien la librairie du Temps d'Avant.

— Ah ! vous voilà enfin les garçons ! s'écria Éden. Ce n'est pas poli de faire attendre une dame !

— Désolé Éden, mais Louis était en retard.

— J'ai eu du mal à me réveiller.

— On t'a croisé avec une marmotte ou quoi ? remarqua la jeune fille en observant Louis, la mine fripée.

Le garçon grimaça et se retourna vers la vitrine de la librairie.

— Alors, vous pensez que c'est ici qu'est caché le Livre ?

— Je t'ai déjà dit que ça m'étonnerait. Je ne pense pas que Mélior aurait fait aussi simple.

Éden avait posé sa main sur la poignée de la porte, mais hésitait à la pousser.

— Et moi je ne vois pas pourquoi il se serait cassé la tête. Personne ne pourrait imaginer qu'un Livre pareil puisse exister, il ne craint rien !

— Et l'Avaleur de Mondes ? Tu l'as oublié celui-là ! s'emporta Éden en se retournant vers Louis, les joues rouges.

— Il était sur Chébérith. Tu le vois ici ? Ooooh peut-être qu'il s'est caché derrière l'arbre et qu'il te guette, là, prêt à te dévorer !

— Vous allez vous calmer tous les deux ? On verra bien ce qu'on trouvera ici, ça sert à rien de se prendre la tête maintenant !

Pour souligner ses dires, Zec se saisit de la poignée à son tour et poussa la porte d'un coup sec.

Une clochette accrochée au mur tinta gaiement, et les trois jeunes gens pénétrèrent dans la librairie. Elle était étroite et longue, poussiéreuse, avec des odeurs de papier, de colle, d'humidité mélangées. Des étagères montaient jusqu'au plafond, surchargées de livres anciens, visiblement posés là de façon aléatoire. Il faisait assez sombre et le comptoir se trouvait tout au fond de ce curieux endroit. Assis derrière, un vieil homme aux cheveux blancs, le nez surmonté d'énormes lunettes rondes aux verres épais, était penché sur un ouvrage à la couverture usée.

Il tourna la tête en voyant le trio s'approcher et remonta ses lunettes avant de les remettre en place.

— Tiens, tiens, tiens. Des jeunes qui s'intéressent aux livres anciens, ça fait plaisir !

— Bonjour, monsieur, commença timidement Éden, en allant vers lui.

— Qu'est-ce que je peux faire pour vous ? Vous cherchez un livre qui n'est plus diffusé ? Une première édition ? Un objet rare ?

– Heu... En fait, nous ne sommes pas venus pour ça...

— Pourquoi alors ?

Le vieil homme les scruta. Ses yeux semblaient énormes derrière les verres de ses lunettes. Ses iris étaient délavés par le temps, et une lueur étrange brillait au fond de ses pupilles.

Éden et Zec se regardèrent brièvement. Ils ne savaient pas comment engager les choses.

— En fait, nous avons trouvé l'adresse de votre librairie dans un message, dit Zec lentement.

Éden hocha la tête pour souligner ses dires. Louis, derrière eux, avait perdu de sa verve habituelle.

— Un message ? Quel genre de message ? demanda le libraire.

— Heu…

Zec se sentait très bête. C'est Éden qui termina pour lui.

— C'est un homme appelé Mélior qui a mentionné votre librairie et nous sommes curieux de savoir pourquoi. Alors… nous voilà.

La lueur dans les yeux du libraire flamboya un bref instant.

— Alors vous voilà… reprit le vieil homme en reposant son livre.

Zec s'attendait à ce qu'il leur rie au nez, ou qu'il les regarde comme s'ils étaient fous. Pourtant, il n'en fut rien.

Au contraire, il referma le livre qu'il tenait. Ses mains tremblaient légèrement.

— Je vous attendais depuis un moment, mais je ne savais pas exactement quand vous viendriez me voir. J'espérais que ce serait avant ma mort !

Le libraire se mit à rire en faisant un bruit étrange, comme celui d'un moteur cassé.

Éden et Zec se jetèrent un coup d'œil bref.

— Vous connaissez Mélior ? souffla Zec.

— Je le connaissais, oui. Il a disparu depuis longtemps. Venez, ne restez pas debout comme ça, venez vous asseoir !

Il leur fit signe de contourner le comptoir et ouvrit une porte coincée entre deux pans de bibliothèque. Les trois adolescents suivirent le vieil homme dans une arrière-boutique où régnait le chaos le plus total. Il y avait des centaines de livres en pagaille, des piles, des tas, des caisses d'ouvrages anciens, certains en pitoyable état. Et tout au fond se trouvait un salon constitué de fauteuils défoncés et d'une table basse bancale.

Le libraire leur indiqua de prendre place, puis s'assit à son tour et ôta ses lunettes. Ses yeux apparurent alors tout petits, fatigués, usés par le temps. Il observa les trois adolescents face à lui en silence, puis il soupira.

— Lesquels de vous recherchent les Livres ?

Zec et Éden sursautèrent puis se regardèrent encore. Ils levèrent la main timidement.

— Parfait. Mélior m'avait précisé que vous seriez deux, c'est pour cela que j'étais étonné de vous voir arriver à trois, mais je présume que votre ami vous soutient dans vos recherches ?

Louis hocha la tête.

— Je suis leur Robin, dit-il en guise d'explication.

Le libraire sourit.

— Alors j'ai en face de moi Batman et Catwoman ?

— Ouah ! Vous connaissez ? demanda Louis, épaté. Je pensais que vous ne lisiez pas de livres de moins de cent ans !

Cette fois, l'homme éclata franchement de rire.

— C'est vrai que les livres anciens sont ma passion, mais j'aime les comic books aussi ! Il ne faut pas se fier aux apparences, jeune homme ! D'ailleurs, nous partagions ce goût du fantastique avec Mélior.

Il sembla vouloir ajouter quelque chose, mais se tut. Son regard se troubla quelques instants.

— Vous le connaissiez bien ? demanda Éden en se penchant en avant.

— Oui, c'était un ami très cher. Il habitait dans l'appartement juste au-dessus de la librairie et il venait tous les jours acheter des livres qu'il dévorait à une allure folle. C'est ainsi qu'il est devenu mon meilleur client et un ami exceptionnel. Il m'étonnait parce qu'il lisait tout ce qui lui tombait sous les yeux, comme s'il venait d'apprendre à lire et de découvrir que le monde était contenu dans ces pages. Parfois, il me faisait penser à un grand enfant. Il était passionné par tout, voulait tout savoir, tout comprendre, comme s'il n'avait pas eu l'occasion de le faire avant. Il m'avait expliqué qu'il était pris par le temps et qu'il était victime d'une maladie qui le ferait disparaître un jour. Et le fait est qu'il arriva un moment où il se mit à décliner, perdant la mémoire, le sens des réalités, des sensations. C'était comme s'il s'effaçait. Je me souviens de ce terme qu'il employait car il était très curieux. Et puis un jour, il n'est plus venu. Je suis monté chez lui. J'en possède la clef, car il m'avait prévenu que tout ceci se produirait et qu'il voulait que je reprenne tous les livres et les éditions rares qu'il m'avait achetés.

Le libraire s'arrêta de parler et se plongea dans ses souvenirs. Les trois jeunes se regardèrent et attendirent qu'il reprenne le fil de son récit. Enfin, il parut se réveiller et gratta les poils blancs de sa barbe naissante. Il reprit ses lunettes et les reposa sur son nez. Ses yeux redevinrent énormes.

— Quand je suis arrivé chez lui, il n'était plus là, mais tout était en place, propre, rangé, comme s'il allait revenir d'un moment à l'autre. J'ai attendu son retour de longs mois, espérant le voir franchir la porte de la librairie en souriant, comme il le faisait avant. Hélas, il n'est jamais revenu. Il a tout simplement disparu. J'ai fini par récupérer les livres, comme il me l'a demandé, mais je les ai mis de côté. Je les garde pour lui, pour le jour où il reviendra.

— Et s'il ne revenait pas ? demanda Zec d'une voix nouée.

Il avait deviné que Mélior s'était effacé à cause de l'Avaleur de Mondes. Il n'avait pas pris le Mémo comme Eyver et était, à terme, condamné.

Le vieil homme sourit.

— Je suis sûr qu'il reviendra. Et je suis certain que vous avez un rôle à jouer dans son retour. Il m'a expliqué qu'un jour, deux jeunes gens viendraient me voir pour me demander des informations sur ce qu'il appelait les Livres-Monde. Je n'ai jamais compris ce que c'était exactement, mais cela semblait très important pour lui.

» Il m'a confié quelque chose à vous remettre pour le jour où ça arriverait.

Le regard du libraire se troubla un instant. Encore

une fois, il fut sur le point d'ajouter quelque chose, mais se ravisa.

— Un livre ? demanda Zec, souhaitant que Louis ait vu juste et que le premier Livre-Monde soit tout simplement caché dans cette librairie.

— Non, ce n'est pas un livre. C'est un carnet de notes. Je vais le chercher.

Il se leva et zigzagua avec une étonnante agilité entre les piles d'ouvrages poussiéreux. Il arriva devant un bureau que les jeunes n'avaient pas remarqué dans le bazar ambiant. Le libraire fouilla dans sa poche et en sortit un trousseau de clefs. Il en introduisit une dans la serrure d'un tiroir qu'il ouvrit, et en extirpa une pile de documents qu'il posa sur le bureau.

— Ce n'est pas ça, grommela-t-il. Il se pencha et replongea une main dans les profondeurs du tiroir. Ah, voilà !

Il tenait un grand cahier recouvert de cuir brun et lisse, aux côtés un peu écornés. Un élastique faisait le tour de la couverture pour la maintenir fermée.

Il revint vers le salon et tendit le précieux objet à Zec. Sa main ridée et tachetée de brun se refermait sur le carnet comme une serre d'aigle et semblait ne pas vouloir le lâcher.

— Je suis désolé, je me suis permis de le feuilleter... Mais je n'ai pas compris grand chose.

Éden remarqua que le libraire tremblait. Il se mit à parler plus précipitamment.

— J'ai l'impression que ce sont des notes sur une

histoire que Mélior aurait aimé écrire. Il raconte des sortes de souvenirs d'un autre monde, très lointain. Il avait beaucoup d'imagination ! Il y a aussi des croquis et des passages entiers dans une langue étrangère. Il parle également des trois livres qu'il faut absolument retrouver. Ils doivent être très précieux. Si vous avez besoin de les faire expertiser un jour... pensez à moi ! Enfin, voilà, j'imagine que vous saurez quoi en faire.

Zec prit le carnet. Le libraire le retint quelques secondes avant de le lâcher, comme à regret. Le jeune homme passa sa main sur la couverture douce du cahier. Il mourait d'envie de l'ouvrir, mais ce n'était ni le moment ni le lieu. Il fallait attendre d'être chez lui, au calme, avec Louis et Éden, pour étudier ce que leur avait laissé Mélior en héritage.

— Merci, souffla Zec en donnant le cahier à Éden pour qu'elle le range dans sa sacoche. C'est vraiment très généreux de votre part d'avoir attendu toutes ces années.

Encore une fois, une étrange lueur passa dans les yeux de l'homme, lui donnant un air un peu hagard. Éden se sentit mal à l'aise, mais elle n'aurait pas su dire pourquoi.

— Mais il n'y a pas de quoi. Quand on a la chance de croiser quelqu'un d'aussi exceptionnel que Mélior, on est prêt à tout pour lui. J'espère que tout va bien se passer pour vous à présent. Je ne sais pas ce que vous allez comprendre au charabia qu'il a noté sur ce carnet, mais si vous avez besoin d'aide, d'un détail sur Mélior qui pourrait vous aider, n'hésitez pas à revenir me voir. Je serai heureux de vous aider et de faire remonter à la surface de ma mémoire les bons moments passés avec mon ami.

— C'est gentil, merci infiniment, lui dit Éden en se levant. Nous n'hésiterons pas à vous contacter si besoin est.

Elle se sentait étouffer, et éprouvait le besoin impérieux d'écourter la conversation, de prendre une grande bouffée d'air frais.

— Parfait alors. Bonne chance à vous, conclut le vieux libraire en raccompagnant la petite équipe dans la boutique.

Ils se serrèrent la main puis quittèrent les lieux en silence. Une fois dans la rue, la lumière du jour leur parut éblouissante, par contraste avec la pénombre qui régnait dans la librairie. Ils se remirent en route vers le métro. Éden respirait avidement.

Sur le chemin, ils achetèrent de quoi déjeuner. Louis les laissa à contrecœur en arrivant, car il devait garder sa sœur qui finissait tôt ses cours. C'est une fois enfermés dans la chambre de Zec, accompagnés de hamburgers, de frites et de grands gobelets de coca, qu'ils se permirent de sortir le carnet que Mélior leur avait légué. C'était un cahier tout simple, grand format, aux pages blanches et douces, couvertes de l'écriture nerveuse du Chébérien. Éden était impatiente de découvrir le contenu de cet étrange héritage. Précautionneusement, elle l'ouvrit à la première page.

— C'est comme un journal intime. Il y a des passages en français et d'autres en chébérien. Mélior semble parler de lui, de Chébérith...

— Il parle des Livres-Monde ?

— Attends ! Je ne lis pas à la vitesse de la lumière !

Zec éclata de rire.

— Tu peux lire un passage ?

— Je vais te lire la première page, ça me paraît bien pour commencer.

— Je suis d'accord.

Éden croisa ses jambes en tailleur sur le lit et prit une grande inspiration.

Ma mémoire me fuit. Déjà, j'ai oublié de nombreuses choses, comme le parfum des fleurs au coucher de soleil, la voix de ma femme, le rire de ma fille. Je me souviens parfois d'un paysage, du regard d'un ami, du goût du vin du pays d'Alik, que je savourais, debout sur ma terrasse, en admirant les deux lunes se lever.

Jour après jour, tout s'efface, s'éteint, comme la flamme d'une bougie qui vacillerait de plus en plus, ayant brûlé sur toute sa longueur. Quand j'ai quitté Chébérith pour venir ici, je portais les germes de cet effacement en moi et il a continué ici. Un moment, j'ai espéré qu'en changeant de monde, tout se stabiliserait, mais ça n'a pas été le cas. Je pourrais prendre du Mémo, comme le fait Eyver, mais je n'ai pas son courage, je refuse de me détruire, de subir ces crises et les douleurs qu'entraîne la prise de cette herbe maléfique.

Parfois, la nuit, je rêve de Chébérith, de chez moi, et tout me paraît tellement net, tellement réel... Je n'ai qu'à tendre la main pour caresser la joue de Mira, mon épouse. Je n'ai qu'à inspirer profondément pour sentir le parfum des fleurs Mystiles qui poussent sur mon balcon, je n'ai qu'à déployer mes ailes pour m'envoler et sentir la brise chaude autour de moi. Mais au réveil, les images et les sensations s'évaporent, disparaissent, et c'est comme si je perdais tout à nouveau.

Pour compenser la perte de mon monde, j'apprivoise la Terre. Je lis des centaines de livres pour découvrir l'histoire de ce peuple, son art, sa philosophie. Les Terriens sont des êtres fascinants. Les soubresauts de leur passé sont bien plus violents que les nôtres, mais ils en ont tiré une réflexion que nous n'avions pas, peut-être parce que tout a été trop doux pour nous.

Quand je lève les yeux vers le ciel de la Terre, je pense

aux hommes qui sont allés dans l'espace. Nous n'avons pas été capables de réaliser un tel prodige, parce que nous avions nos ailes. En revanche, nous avons réussi à ouvrir un passage entre nos deux univers.

Nos différences et nos similitudes sont troublantes et passionnantes. J'ai appris à aimer la Terre. Et si un jour les Livres-Monde sont ouverts, je renaîtrai en ayant oublié tout ce que j'ai appris ici, puisque ma nanopuce a été enregistrée avant que je quitte Chébérith. Je pense que mon destin est celui de l'oubli. Oublier Chébérith, oublier la Terre, oublier qui je suis, oublier pourquoi je suis venu ici.

Pas encore. Pas tout à fait. Eyver m'a dit que les deux embryons ont été transférés chez des humaines. J'ai observé de loin une des deux femmes qui porte, sans le savoir, notre espoir.

L'autre est partie vivre loin d'ici. Je ne peux pas la croiser. Mais la première est toujours là. Elle s'arrondit tous les jours, pleine de vie et de notre avenir. Le bébé doit naître dans peu de temps. Mon tour viendra alors de jouer, de laisser un indice sur le lieu où se trouvent les Livres-Monde. J'espère que cela sera suffisant. Mais je ne peux pas faire autrement, je dois en dire le moins possible. Si jamais l'Avaleur de Mondes découvrait ce que nous avons fait, tous nos efforts seraient réduits à néant en quelques instants.

Il ne reste plus qu'à espérer que tout se passe au mieux.

Éden s'arrêta de lire.

Zec avait arrêté de manger depuis un moment, écoutant attentivement chaque parole de son amie. Il était bouleversé de découvrir que ce texte avait écrit quelque temps avant sa naissance.

Éden le regarda, ses yeux dorés immenses reflétant une forte émotion.

— Il parle de nos mères... souffla-t-elle.

Zec hocha la tête.

— Il y a autre chose ? demanda-t-il.

Éden tourna la page.

— Il y en a pour des heures de lecture. Il faudrait tout lire, tout éplucher pour trouver ce qui nous intéresse.

— Alors nous avons du travail.

— Si tu le veux bien, j'aimerais garder le carnet avec moi pour le parcourir un peu. Dès que j'ai terminé, je te le donne et tu pourras le lire à ton tour.

Zec hocha la tête :

— Ça me va.

Éden reposa le carnet sur le lit, devant elle.

— Zec, je commence à être inquiète.

— Pourquoi ? Tu me disais que ça ne te faisait pas peur tout ça...

— Je sais, mais je crois que je n'avais pas saisi, tout... C'est tellement... J'ai pris ça comme un jeu et puis je me rends compte que ce sont de vraies vies que nous tenons entre nos mains.

— Tu veux abandonner ?

— Jamais ! On va découvrir ce que Mélior nous a laissé comme informations et on va aller chercher ces Livres-Monde !

— Tu dois rentrer quand à New York ?

— Je devrais rentrer à la fin de la semaine, mais je pense que je vais rester encore un peu.

— Tes parents ne vont rien te dire ?

Éden poussa un grand soupir, et saisit la main de Zec qu'elle serra entre les siennes.

— Mes parents sont en vacances à Saint-Barth. Ils y vont hors saison, pour être tranquilles. C'est pour ça qu'ils m'ont envoyée en France, pour que je ne me sente pas trop seule. C'est pareil tous les ans.

— Pourquoi tu ne pars pas avec eux ?

— Ils aiment bien se réserver quelques jours en amoureux. C'est leur pause au milieu de leurs vies de fous. En fait, je devrais être encore au lycée en ce moment. Mais tous les ans, après les examens, mon père écrit une lettre au directeur de mon école pour expliquer que je n'irai plus en cours. Le tout accompagné d'une importante donation pour faire passer la pilule.

— Ils sont si riches que ça ?

— Plus que tu ne peux l'imaginer.

— Eh ben...

— Ouais... J'ai longtemps cru que j'avais été adoptée, qu'ils avaient payé une femme pour qu'elle leur vende leur bébé, un truc comme ça.

— Pourquoi ?

— Parce que physiquement, je ne leur ressemble pas trop. Même si mon grand-père est métis, je suis quand même plus foncée de peau qu'eux. Maintenant, je comprends mieux pourquoi je n'ai pas les beaux cheveux raides de ma mère ou les yeux bleus de mon père.

Zec passa sa main dans la cascade de cheveux bouclés et mordorés qui tombait sur les épaules de la jeune fille.

— Moi je trouve que tu as de beaux cheveux. Et des yeux magnifiques.

Éden baissa son regard et rougit.

— Merci...

Zec resta silencieux.

— Je n'ai pas eu la même enfance que toi. Mes parents ont toujours été très présents. Je sais qu'ils ont essayé d'avoir un autre enfant après moi, sans succès.

— Tes parents ont l'air vraiment super.

— Oui, ça va, ils sont assez cool. Parfois ils m'énervent, mais dans l'ensemble, je ne me plains pas !

Éden se redressa.

— Et si tu appelais Eyver, pour lui raconter notre matinée ?

— C'est une bonne idée, répondit Zec en prenant son téléphone.

Visiblement, Eyver devait attendre des nouvelles car il décrocha tout de suite.

— Zec, je suis heureux de t'entendre ! Dis-moi tout !

Le jeune garçon s'empressa de faire un résumé rapide de tout ce qui venait de se passer. Eyver l'écouta attentivement jusqu'au bout.

— Je suis sûr que Mélior a laissé quelque chose d'important dans ce cahier ! s'exclama-t-il, une pointe d'excitation dans la voix.

— Nous le pensons aussi, expliqua Zec. Éden va s'attaquer aux passages en français et pour les textes en chébérien, ce sera à vous de jouer !

— Je suis impatient ! Et je serais ravi de faire la connaissance d'Éden !

— Nous passerons vous voir, c'est promis.

En fin d'après-midi, Éden retourna chez son oncle. Cloîtré dans sa chambre, Zec laissa ses pensées vagabonder, repensant aux événements de la journée. Il avait en tête les mots de Mélior, qui racontait si brièvement Chébérith. C'était difficile pour lui d'imaginer qu'un monde puisse disparaître comme ça, dans un claquement de doigts. Il pensait à l'Avaleur de Mondes. Soupçonnait-il que sur Terre, une poignée d'êtres tentait de recréer ce qu'il avait détruit ?

Il tenta de se rassurer : jusqu'ici, l'Avaleur de Mondes semblait ne se douter de rien et les informations contenues dans le cahier avaient été protégées pendant plus de seize ans. Il n'y avait aucune raison pour que cela change. Il devait chasser ces idées effrayantes et attendre que les notes de Mélior dévoilent leur secret...

13.

Quelques images de Chébérith flottent encore dans ma mémoire. Elles sont vagues, comme remontées d'un rêve qui s'éparpille au réveil. Ce qui m'imprègne le plus, ce sont les couleurs. Le ciel pourpre et mauve, les deux lunes nacrées, l'une blanche et l'autre rose, le bleu électrique des feuilles des arbres de Livan, l'orange des fleurs... Il y a aussi le souvenir de la poussière dorée qui me revient comme un flash...

Nous avons découvert avec surprise que l'or était un métal très précieux sur Terre. Sur Chébérith, ce n'est pas le cas. On trouve de l'or comme on trouve de l'argile, en particulier sur le continent de Goth, où il se ramasse comme des cailloux. Parfois, emportée par le vent, la poussière d'or voyageait jusque chez nous. Elle se déposait sur les toits, sur les feuilles des arbres, sur les cheveux. On appelait ce phénomène « la tempête scintillante ». Ces soirs-là, le coucher du soleil embrasait la poussière qui paraissait prendre feu. La ville brillait alors de mille lumières changeantes, comme un diamant précieux. Cela ne durait que quelques minutes, jusqu'à ce que la nuit pose son couvercle sombre sur cet enchantement. Je me souviens encore de cela... Je ne sais pas pour combien de temps encore. Alors j'écris cette vision qui me reste de là-bas, comme un témoignage bien mince de la beauté de Chébérith.

Éden posa le carnet de notes de Mélior près d'elle, sur le lit où elle était allongée, et soupira. Les yeux fermés, son esprit s'emplit de visions d'un autre monde, un monde qui semblait enchanteur. Elle venait de lire la moitié des écrits de Mélior d'une traite. Elle y avait trouvé de nombreux textes comme celui-ci, des descriptions de Chébérith, de la vie là-bas. Mélior parlait de sa femme et de sa fille, de ses recherches scientifiques et de la découverte qu'avait faite son équipe, qui permettait d'ouvrir un passage entre Chébérith et la Terre. Il y avait quelques extraits en chébérien aussi. Et puis des pages avec des dessins obscurs, des spirales, des formes géométriques qui s'imbriquaient, mais sans aucune explication.

Trois coups frappés discrètement à la porte sortirent Éden de sa rêverie. Elle se redressa, cacha le carnet sous son oreiller.

— Entrez !

Dans l'entrebâillement de la porte, la tête de Ben, son oncle, apparut.

— Je ne te dérange pas ?

— Non, pas du tout, entre.

L'homme, aux yeux extraordinairement bleus, vint s'asseoir sur le lit, à côté de sa nièce.

— Éden... Est-ce que tout va bien ?

— Très bien, pourquoi ?

— Je te trouve... différente depuis que tu es arrivée. Tu sembles ailleurs, soucieuse.

— Ah bon ?

— Je m'inquiétais. D'habitude, tu es toujours gaie, souriante... En plus d'être ton oncle, je suis ton parrain. Tu sais que tu peux tout me dire.

Éden posa sa tête contre l'épaule de Ben.

— Oui, je sais. En fait...

Elle hésita quelques instants. Elle adorait son oncle, le frère de son père. Elle le trouvait attentif, doux...

— Tu ne t'es jamais senti différent des autres, au point de te demander si tu n'étais pas réellement différent ?

— Si, bien sûr. On passe tous par là à ton âge. On a l'impression que personne ne peut nous comprendre alors qu'on a tous vécu cela.

Éden se mordit la lèvre inférieure.

— Ce n'est pas exactement cela... Je... Non, laisse tomber, ce n'est rien.

Ben se leva en posant sa main sur le genou d'Éden, assise en tailleur sur le lit. Lui aussi sembla hésiter. Son regard détailla sa nièce avec intensité et curiosité, mais il se ravisa et sourit.

— Tu n'oublies pas que demain, on a le déjeuner annuel avec toute la famille. Alors repose-toi bien et prépare ton estomac à ingurgiter de la nourriture six heures d'affilée !

— C'est demain ? Oh non, j'avais oublié ! Je devais voir un ami.

— Ce sera pour une autre fois. Tu sais que ta grand-mère serait très vexée si tu ne venais pas.

— Oui, oui… Bonne nuit, Ben.

— Bonne nuit, ma chérie.

Il déposa un baiser léger sur le front d'Éden et sortit de la chambre.

***

Le lendemain aurait pu être une journée comme les autres. Zec profita de son temps libre pour se reposer, traîner sur le Net, courir – ce qu'il n'avait pas fait depuis un moment –, appeler sa cousine pour la calmer – « Tu ne donnes plus de nouvelles, tu me snobes depuis que tu es devenu un superhéros ! »

En fin de journée, Louis lui proposa d'aller au cinéma pour voir *Panique sur la planète Oméga*, une série B de science-fiction avec des tas d'effets spéciaux, des batailles dans l'espace, des explosions et une actrice sculptée dans un uniforme hyper moulant.

Quand ils sortirent de la séance, il faisait déjà nuit. La soirée était si douce qu'ils décidèrent de rentrer à pied pour avoir le temps de décortiquer et d'analyser le film.

— Trop fort la scène finale, quand le vaisseau descend en vrille sur la planète ! C'était tellement bien fait que j'ai cru que mon cœur allait se décrocher ! s'exclama Louis, ravi par le spectacle.

— Ouais, c'était dément ! Dommage que les Omégaliens ne ressemblent à rien. Pourquoi donne-t-on toujours aux extraterrestres une allure aussi nulle ?

Louis réfléchit quelques instants à la question de son ami :

— Maintenant que tu sais que tu viens d'un autre monde, crois-tu que la théorie qui prétend que la vie ait été essaimée par une comète soit réaliste ? demanda-t-il d'un ton très sérieux.

— Ce n'est pas parce que je viens d'ailleurs que j'ai percé tous les secrets de l'univers ! Dans le cas de ce scénario, je pense que c'est pour expliquer pourquoi tous les extraterrestres sont humanoïdes, c'est beaucoup plus simple. Mais ils leur ont donné une de ces têtes ! Pfff... n'importe quoi !

— Mouais...

Ils parlèrent ainsi tout le long du chemin. Ils devaient contourner le parc et prenaient le temps de savourer cette soirée. C'est alors qu'un homme à la tête baissée les bouscula brutalement en passant entre eux. Zec et Louis se retournèrent de concert pour protester et remettre à sa place le malotru.

Louis vit l'éclat métallique briller dans la nuit et le trou du canon se rapprocher de ses yeux pour se poser sur son front. Le froid de l'arme se répandit dans tout son corps comme un liquide visqueux. Malgré lui, il recula d'un pas et sentit le mur derrière son dos. Ses jambes se mirent à trembler.

— Vous allez me dire où ils sont ! siffla une voix rauque.

Louis tourna ses yeux vers Zec qui assistait à la scène, pétrifié. Ce dernier n'osait pas faire un geste, de peur que l'homme appuie sur la détente, où son index frémissait déjà.

L'agresseur se tourna vers lui et ses traits apparurent dans la lumière, coupant le souffle de Zec.

— Vous ! s'écria le jeune garçon.

Il venait de reconnaître le libraire, le visage déformé par un rictus de haine.

— Oui, moi ! Je veux que vous me disiez où ils sont. Sinon je le tue.

Ses doigts serrèrent plus fort la crosse de son pistolet ; le visage de Louis blêmit un peu plus.

— Où sont quoi ? demanda précipitamment Zec.

— Les Livres-Monde !

— Comment ?... Je ne sais pas où ils sont !

— Menteur ! J'ai lu et relu le carnet de Mélior. Je l'ai décortiqué pendant toutes ces années, tentant de percer son secret. Je sais qu'il a caché des livres très précieux qui indiquent où se trouve une grosse quantité d'or. J'ai compris que vous seuls pouvez les retrouver. Alors dis-moi où ils sont ou je tue ton copain.

Pour souligner ses dires, il débloqua le cran d'arrêt de son arme. Cette fois, elle était prête à tirer, à tuer. Les yeux de Louis s'élargirent démesurément et il lança à Zec un regard désespéré, suppliant, en étouffant un cri.

Zec réfléchit à toute allure. Il ne pouvait pas agir physiquement. Si un coup partait, c'en était fini de son ami. Il sentit son cœur s'affoler. Il fouilla la rue du regard, espérant apercevoir une silhouette, quelqu'un qui donnerait l'alerte, mais le quartier était désespérément désert, les volets tous clos. Il pensa à son téléphone dans sa poche. Peut-être pourrait-il prévenir la police discrètement... Mais avec effroi, il se rappela qu'il avait éteint son mobile avant le film et qu'il avait oublié de le rallumer en sortant du cinéma. Il lui fallait gagner du temps, c'était sa seule chance.

— Lâchez-le, il ne sait rien, c'est à moi que les notes étaient destinées, dit-il alors, le souffle court, comme s'il venait de courir.

L'étreinte de la main se relâcha imperceptiblement sur la crosse du pistolet.

— Oui, je me rappelle, toi et la fille.

— Voilà. Laissez-le partir. Je vais vous dire tout ce que vous voulez.

Le vieil homme sembla hésiter mais il pressa un peu plus le canon de l'arme entre les yeux de Louis.

— Non, si je le laisse partir, tu vas en profiter. On ne m'entourloupe pas comme ça, moi !

Zec inspira profondément. Il fallait qu'il donne l'illusion d'être calme, de contrôler la situation.

— Je ne compte pas vous entourlouper. On peut parler tranquillement tous les deux sans mêler mon ami à tout ça. Il ne sait rien, répéta Zec d'une voix posée. Il s'étonnait lui-même d'en être capable.

Alors, d'un geste vif, le vieux libraire écarta l'arme du front de Louis et la posa sur la poitrine de Zec.

— Très bien, alors parlons tranquillement, comme tu dis.

Louis s'affaissa légèrement contre le mur. Mais la voix de Zec, tranchante, le força à se redresser.

— Va-t'en, Louis ! Je m'en occupe.

Louis se remit sur ses pieds, flageolant encore.

— Je ne te laisse pas, assura-t-il d'une voix rauque.

— Ne joue pas les superhéros, va-t'en, répéta Zec en détachant chaque mot. Son ton ne laissait aucun choix.

— Fais ce que te dit ton ami. Mais si tu préviens les flics, je n'hésiterai pas à lui trouer la peau.

Pour souligner ses dires, il enfonça un peu plus l'extrémité de son arme dans la poitrine de Zec. Sans demander son reste, Louis détala, en se retournant plusieurs fois pour vérifier que son ami était toujours en vie. Puis il disparut après avoir contourné le parc.

— À nous deux maintenant, ricana le libraire. Alors, ils sont où ?

Le jeune homme se sentait comme dédoublé. Une partie de lui avait parfaitement conscience de vivre la scène, d'être en danger, mais l'autre avait l'impression d'être spectateur d'un film ou d'un jeu vidéo, et ne ressentait aucune crainte.

— Je ne sais pas, je n'ai pas encore déchiffré tous les messages que Mélior a laissés, répondit-il en respirant plus bruyamment qu'il ne l'aurait voulu.

— Arrête de me prendre pour un idiot ! Je sais que tu mens et tu ne vas pas t'en tirer comme ça. J'attends depuis trop longtemps. Sais-tu combien de fois j'ai tenté de percer le secret de Mélior ? Sais-tu combien de nuits blanches j'ai passées sur ses mots, ses schémas ? Non, tu ne peux pas imaginer ce que c'est de tenir une carte au trésor pendant tout ce temps sans pouvoir la déchiffrer !

Zec baissa ses yeux sur l'arme qui luisait faiblement sous la lumière des lampadaires. Il se demandait comment échapper à tout cela. Il avait conscience qu'au moindre geste, il pouvait se faire transpercer le cœur.

Une lueur de folie brillait dans les yeux délavés du libraire. Sa bouche déformée laissait échapper une mousse blanche aux commissures de ses lèvres.

— Ces livres, je les veux. J'ai bien compris qu'ils avaient une grande valeur, et j'ai lu le passage sur l'or. Ce serait la chance de ma vie !

Zec devait se sortir de là. Rien de ce qu'il pourrait dire ne le sauverait. L'homme avait perdu la tête. Une idée germa dans son esprit, mais il devrait jouer serré...

— D'accord, d'accord. J'ai quelque chose à vous montrer.

— Vas-y !

— Ne tirez pas, je vais bouger...

— Tu me prends pour un incapable ? Qu'est-ce que tu veux me montrer ?

Zec recula d'un pas, le libraire ne broncha pas. Il en fit un second.

— Dépêche-toi, grogna le vieil homme, le revolver toujours pointé sur le garçon.

Poussé par une montée d'adrénaline, Zec fit un bond sur le côté, tout en retirant son t-shirt à toute allure. D'un geste prompt, il se jeta sur le libraire et entortilla le t-shirt autour du pistolet. Le coup partit dans le vide, légèrement étouffé par le tissu. Déséquilibré, le vieil homme trébucha. Zec profita de ce bref mouvement d'inattention pour déployer ses ailes et s'élancer dans les airs à toute allure.

Un autre coup résonna dans la nuit. Zec sentit la balle siffler tout près de lui. Il monta encore plus haut, ses ailes battant avec l'énergie du désespoir.

De loin, il entendit les pas précipités du libraire s'éloigner. Quand il regarda en arrière, la rue était vide. Personne n'avait bronché, les volets étaient toujours fermés.

Le cœur tambourinant dans sa poitrine, une légère nausée au bord des lèvres, il survola le parc et, de loin, aperçut Louis qui courait, revenant sur ses pas.

— Louis, je suis là !

Le jeune homme leva les yeux et s'arrêta, haletant, livide.

— Zec ! Bordel ! Tu vas bien ? J'ai entendu des coups de feu, j'ai tout de suite fait demi-tour !

Zec se posa près de son ami, hors d'haleine.

— Oui, il a tiré, il n'est pas passé loin. J'ai jamais autant flippé de ma vie.

En quelques mots, il raconta à Louis comment il s'en était sorti. Il s'étonnait encore d'avoir été capable de faire une chose pareille. Jamais il n'aurait imaginé pouvoir un jour se jeter sur un homme armé. Et il doutait de pouvoir le refaire un jour !

— Ce mec est un grand malade. Il nous a bien bernés avec son air gentil à la librairie, conclut-il d'une voix blanche.

— Tu m'étonnes. Il est dément, tu as vu son regard ? C'est pire que dans un film d'horreur ! Qu'est-ce que tu comptes faire ? Tu vas prévenir les flics ?

Le front de Zec se plissa. Il avait les idées embrouillées par la peur qui le traversait rétrospectivement. Il avait été fou de se jeter sur lui comme ça, il aurait pu se faire tuer quand le coup était parti.

— Je ne pense pas.

— Pourquoi ? Tu ne peux pas le laisser en liberté ! C'est un fou furieux !

— Il m'a vu m'envoler, il a vu mes ailes. Et s'il racontait tout ? Je suis fichu !

— Et pourquoi on le croirait ?

— Et si on me demandait de prouver qu'il ment, je fais quoi ? Je ne peux pas les arracher !

— Oui, tu as raison...

— Je ne sais pas quoi faire, il faut que je réfléchisse.

Zec frissonna. Un léger vent au parfum de pluie s'était levé. Ils entendirent au loin une sirène se rapprocher. Ils ne savaient pas si quelqu'un avait alerté la police après avoir entendu les coups de feu, mais ils ne voulaient pas se trouver sur place si c'était le cas. Ils se dépêchèrent de rentrer, en regardant autour d'eux avec angoisse, de peur de voir le vieux fou ressurgir à tout moment. Ils se quittèrent sans un mot, en échangeant un regard éloquent.

Les parents de Zec n'étaient pas encore rentrés de leur soirée. Le garçon hésita à appeler Eyver pour le prévenir, mais il jugea qu'il était trop tard. Il se coucha et mit du temps à s'endormir. Le bruit des coups de feu, le visage tordu du libraire, toutes les images de la soirée tournaient dans sa tête comme une farandole de mauvais goût.

Le lendemain matin, il aurait pu croire qu'il avait rêvé tellement la situation paraissait incroyable. Mais la réalité se rappela très vite à lui.

Il allait au supermarché faire quelques courses pour sa mère quand il entendit un sifflement étouffé.

— Pfft ! Hé, l'alien, tu croyais que j'allais te lâcher comme ça ?

Zec se retourna. Le libraire était là, appuyé contre une cabine téléphonique, les bras croisés. Un sourire mauvais et narquois lui déformait le visage. Zec eut un haut-le-cœur en le revoyant. Il aurait tellement souhaité que ça ne soit qu'un mauvais rêve !

Il fit mine de ne pas entendre et continua son chemin.

Le vieil homme se redressa d'un coup d'épaule et se lança à la suite de Zec.

— Oh, oh, ne t'en va pas comme ça ! Qu'est-ce que tu imagines ?

— Fichez-moi la paix, je n'ai pas vos foutus livres et je ne sais pas où ils sont.

— J'ai bien compris, mais j'imagine que c'est juste une question de temps, tu vas les retrouver n'est-ce pas ? C'est pour ça que tu as des ailes hein ? Tu crois que je suis fou, mais ma vieille caboche fonctionne encore !

— Laissez-moi ou alors...

— Ou alors quoi ? Tu vas t'envoler, comme ça en pleine rue ? Je suis sûr que tu ne le feras pas.

— Pourquoi pas ? demanda Zec d'un air bravache.

— Parce que tu ne veux pas qu'on découvre ton petit secret. Je sais que vous, les aliens, vous venez sur la Terre incognito, comme on dit ! Et si ça se savait, tu finirais coupé en morceaux par les gars du gouvernement, ceux qui portent des costumes sombres et des lunettes noires !

Zec manqua d'éclater de rire, mais il se retint. Même si le vieux fou délirait, il y avait du vrai dans ce qu'il disait. Il ne put s'empêcher de répliquer malgré tout :

— Vous regardez trop de films !

— Peut-être, mais je connais ton secret et je vais pouvoir en tirer quelque chose, j'en suis sûr.

— Je croyais que c'était les livres qui vous intéressaient ?

— C'est surtout le fric, et avec un gars comme toi, je vais pouvoir m'en faire un paquet !

Zec s'arrêta au milieu du trottoir. Heureusement qu'il n'y avait pas trop de monde à cette heure-ci, personne ne prêtait attention à eux. Il fit face au libraire fou :

— Du fric ? Quel fric ? Je suis un lycéen de seize ans.

— Mais tes parents doivent bien en avoir, du fric !

— Bien sûr que non !

— Oh, je suis persuadé qu'ils doivent en avoir, en tout cas ils se forceront à en trouver pour ne pas voir leur fils chéri d'alien se faire couper en rondelles...

Un sentiment de dégoût envahit Zec. Il comprit que le libraire ne le laisserait pas en paix, qu'il serait capable de bouleverser toute sa vie pour de l'argent. Il l'aurait à l'usure, par ses menaces, sa présence insinuante.

— Laissez-moi tranquille, gronda Zec. Vous n'allez pas me tirer dessus en plein jour...

— Non, je ne suis pas si fou que ça. Je vais te laisser tranquille pour aujourd'hui. Mais je serai là demain, et après-demain, et le jour d'après, tant que tu ne m'auras pas filé quelques billets.

— Combien ?

— Quelques centaines d'euros pour commencer. Mais c'est un premier versement... Tu vois, je suis sympa, je te fais crédit ! À demain !

Et le vieil homme fit demi-tour et disparut dans la rue transversale. Zec sentait une colère sourde monter en lui. Mais que pouvait-il faire ? S'il finissait par mettre ses menaces à exécution, par tout révéler à ses parents, à la presse, à la police ? C'en était fini de sa vie telle qu'il la connaissait, telle qu'il l'aimait... Décidément, ses ailes étaient une malédiction ! Il avait envie de les arracher, d'aller les jeter à la figure d'Eyver et de lui hurler que les Chébériens lui gâchaient sa vie, qu'ils auraient dû se sortir eux-mêmes des problèmes dans lesquels ils s'étaient fourrés en laissant l'Avaleur de Mondes les grignoter.

Dès son retour, il appela Éden pour tout lui raconter et lui conseiller d'être prudente : il ne fallait pas que le vieux fou s'en prenne à elle. Éden étouffa un cri de surprise.

— Zec, c'est très grave, tu ne peux pas le laisser faire.

— Mais tu veux que je fasse quoi ? Je ne vais quand même pas le tuer !

— Je sais, je sais, mais il doit bien y avoir un moyen. Il va jouer avec toi, avec tes nerfs, avec ta santé mentale ! Il faut l'arrêter !

— Je ne vois pas comment...

— Je viens te voir cet après-midi pour qu'on réfléchisse. Il faut que tu en parles à Eyver, il pourra certainement faire quelque chose.

— Je ne vois pas quoi, vu qu'il est cloué sur son fauteuil roulant...

Zec se sentait encore très en colère contre Eyver et il préférait éviter de l'appeler dans cet état de rage, sinon il allait lui dire des choses désagréables.

Il ne se sentait pas mieux quand Éden arriva. Assise en tailleur sur son lit, elle le regardait avec ses grands yeux effarés.

— Je vais te donner de l'argent, je vais aller en tirer à la banque pour qu'il te fiche la paix, dit-elle en secouant sa chevelure.

— Hors de question ! s'écria Zec.

— Mais j'en ai plein !

— Et alors ? S'il voit qu'on en a, il va en réclamer un peu plus, et on ne s'en sortira jamais !

— Oui, mais si tu ne lui donnes rien, il risque de devenir violent. Tu ne peux pas prévoir les réactions de ce genre de personne ! C'est un malade ! Un type qui a passé des années à s'imaginer un truc, que la richesse était à sa portée. Grâce aux notes de Mélior, il a tenu le coup en se disant qu'un jour sa vie changerait quand il pourrait mettre la main sur ces livres.

— Et en plus, maintenant qu'il a vu mes ailes, il a un moyen de pression supplémentaire.

— Oui... mais tu n'avais pas le choix. Tu as bien fait de t'échapper comme ça. Il aurait pu te tuer !

Le visage d'Éden reflétait l'angoisse. Ses yeux dorés étaient larges et brillants des larmes qu'elle retenait.

— Je sais, marmonna Zec en baissant les yeux. Il avait l'impression d'être prisonnier d'un cercle vicieux.

Ils restèrent silencieux un moment puis, pour changer de sujet, Éden sortit de son sac le carnet de notes de Mélior. Elle fit signe à Zec de venir s'asseoir à côté d'elle en tapotant le lit.

— Mélior a dessiné les Livres-Monde avec précision.

Elle chercha la bonne page et montra le dessin que le Chébérien avait réalisé :

— C'est un Livre-Monde. C'est un objet épais, métallique et fermé par une serrure à empreinte génétique. Regarde.

Zec prit le cahier et observa le schéma dessiné à l'encre. C'était en effet détaillé, mais visiblement Mélior n'était pas un artiste confirmé en arts graphiques. Toutefois, ça permettait de se faire une idée de ce à quoi un Livre-Monde pouvait ressembler. Il lut les légendes griffonnées par Mélior près du dessin.

« Couverture à programme de reconnaissance. Les trois Livres-Monde démarreront le processus de reconstruction une fois assemblés. »

« Serrure à empreinte génétique qui ne peut être ouverte que par l'un des deux enfants. »

« Picots de lecture de la carte. »

— Tu as tout compris ? demanda-t-il à Éden.

— Franchement, non, pas tout ! Mais j'imagine que ça sera plus évident quand on aura les Livres en main.

— J'espère ! Et il donne des indications sur la cachette ?

— Je n'ai rien trouvé à ce sujet, mais certains textes sont en chébérien. Il faut demander à Eyver de les traduire.

— Je n'ai du tout envie de parler à Eyver en ce moment.

— Mais pourquoi, ce n'est pas de sa faute !

— Ah non, pas de sa faute ? Depuis qu'il est apparu dans ma vie, tout est bouleversé, sens dessus dessous ! J'étais mieux avant. Je voudrais que tout ça ne soit jamais arrivé ! En plus, il y a ces Livres à retrouver je ne sais où, qui me pourrissent mes vacances, et un libraire allumé qui me menace. Dis-moi ce que ça m'a apporté de bon tout ça ?

Éden se leva d'un bond, le visage rouge de colère.

— Tu n'es qu'un égoïste ! Tu ne penses qu'à toi et à ton petit confort. Ce que ça t'a apporté ? La chance de faire quelque chose de ta vie. En tout cas, c'est comme ça que je vois les choses. Et puis ça m'a permis de te rencontrer et rien que pour ça, ça vaut la peine. Je suis triste de voir que je suis la seule à m'en réjouir.

Zec se mordit la lèvre.

— Éden, calme-toi. Je suis désolé. Moi aussi je suis content de t'avoir rencontré... C'est juste que... pour le reste, je voudrais que tout redevienne comme avant.

— Ce n'est pas possible...

— Je sais ! Et c'est ça le pire !

Éden se radoucit et se rassit près de son ami.

— Écoute, je vais aller moi-même chez Eyver lui apporter le cahier de Mélior. J'en ai fait des photocopies pour nous, je t'en laisse un jeu pour que tu puisses voir tout ça. Je te conseille de lire certains passages que j'ai surlignés, je suis sûre que ça va te faire réfléchir.

Zec haussa les épaules.

— Si tu veux. Tiens, l'adresse d'Eyver est sur mon bureau.

Éden prit la carte et la glissa dans sa sacoche. Avant de partir, elle prit le visage de Zec entre ses mains et posa un baiser sur son front.

— Ne t'en fais pas, souffla-t-elle dans son oreille, on va arranger les choses.

Après le départ de la jeune fille, Zec s'allongea sur son lit et ferma les yeux. Sa colère retombait. Il sentait encore, sur ses joues brûlantes, la fraîcheur des mains d'Éden. Et sur son front, le baiser qu'elle avait déposé avait comme tatoué sa peau. Jamais une fille ne s'était comportée ainsi avec lui... Mais Éden n'était pas n'importe quelle fille ! Elle avait raison. Il se comportait en petit garçon gâté qui fait un caprice. Au lieu de se plaindre, il devait réfléchir à un moyen de régler le problème et, surtout, penser aux Chébériens qui comptaient sur lui. Il prit la liasse de photocopies laissée par Éden et se plongea dans la lecture de l'un des passages qu'elle avait relevés.

Les enfants... Si vous survivez, si vous allez au bout de tout cela, si vous retrouvez les Livres-Monde et que vous parveniez à les activer, allez voir Chébérith... Comme je vous envierais alors de découvrir cette merveille d'un œil neuf ! Vous ne pouvez pas imaginer la beauté de votre monde. Pour commencer, décollez de Sulvate, la ville aux mille tours. Faites-le le soir, quand les lumières s'allument. On a alors l'impression de voir des colonnes d'étoiles relier le sol au ciel.

De là, rendez-vous sur les bords de la mer de Piedvert. On l'appelle comme cela parce que si on y trempe ses pieds, on les voit verts à cause des poissons microscopiques qui y vivent. Survolez-la jusqu'à son extrémité Ouest. Elle s'achève en une énorme cascade de plusieurs milliers de kilomètres de long. L'eau se précipite vers un gouffre tellement profond qu'il a fallu des siècles pour que les Chébériens osent s'y aventurer. Dans ses tréfonds, on y a découvert des grottes recouvertes de cristaux aux propriétés incroyables. Ils constituent en partie les nanopuces des Livres-Monde.

Vous pouvez aussi voler jusqu'à la plaine de Luet, qui porte le même nom qu'une des deux lunes, parce qu'on dit que c'est là qu'est né notre deuxième satellite avant de monter vers le ciel, en raison de l'énorme cratère qui creuse son sol.

Hélas, nous n'avons pas été capables de protéger tout cela. Nous avons laissé notre monde plonger dans le Néant. J'espère que vous ferez mieux que nous et que vous serez capables de sortir Chébérith des ténèbres.

Zec laissa tomber les feuilles et ferma les yeux... Il se laissa envahir par la rêverie, par les images qui se formaient dans son esprit, comme une réminiscence de souvenirs enfouis très loin dans sa mémoire...

***

Une fois parvenue dans l'immeuble où vivait Eyver, Éden sonna à la porte et un homme immense, maigre et au regard sombre lui ouvrit.

— Bonjour, mademoiselle Éden, entrez, dit-il en s'effaçant pour la laisser passer.

Elle avait envie de lui demander qui il était et comment il connaissait son nom, mais elle ne laissa rien paraître de son étonnement.

Elle suivit son guide dans un long couloir et arriva dans une grande pièce aux murs couverts de grandes bibliothèques. Des centaines de livres y étaient rangés avec soin. La même sensation d'ordre régnait dans ce salon, où chaque objet devait avoir une place bien définie, au millimètre près. Éden avait l'impression d'être dans un musée, sans vie, sans chaleur.

Eyver lisait, installé près de la fenêtre encadrée de lourds rideaux de tissu. Il fit pivoter son fauteuil pour accueillir la jeune fille. Un grand sourire éclaira son visage quand il la vit.

— Entre, entre, Éden ! J'étais tellement impatient de te rencontrer !

Éden s'avança vers lui, intimidée.

— Bonjour, monsieur... Je suis venue vous apporter le cahier de Mélior...

— Je m'en doutais. Approche donc, que je te voie mieux.

La jeune fille fit quelques pas de plus vers l'homme. Elle découvrit son crâne glabre, ses joues creusées, son regard perçant, comme Zec le lui avait décrit.

Les yeux d'Eyver s'emplirent d'une émotion palpable en regardant la jeune fille.

— Tu es très belle... Tes parents devaient venir du continent de Goth... Là-bas tout est doré, la peau des gens, leurs ailes, leurs yeux, les fleurs, la couleur du ciel à cause de la poussière... C'est un endroit merveilleux.

Éden s'assit sur le fauteuil près d'Eyver sans attendre d'y être invitée.

— Le continent de Goth, répéta-t-elle. Mélior en parle dans son carnet.

— Je n'en suis pas étonné. Il adorait s'y rendre. Il était fasciné par cet endroit. Mais je suis impatient de voir ce cahier.

— Il y a plusieurs passages en chébérien que je ne peux évidemment pas déchiffrer. Vous aviez dit que vous pouviez le faire ?

Eyver hocha la tête positivement en récupérant le carnet. Il le posa sur ses genoux.

— Je vais m'en occuper. Ne t'en fais pas.

— Zec m'a parlé du Mémo, ajouta Éden hésitante. J'espère que ça ne sera pas trop douloureux pour vous. Je ne voudrais pas...

Mais Eyver l'interrompit d'un ton sec :

— Je dois être le cadet de vos soucis, Éden ! Votre priorité est de retrouver les Livres-Monde. Je l'ai déjà expliqué à Ézéchiel. Comment va-t-il d'ailleurs ? Ça fait un moment que je n'ai pas eu de ses nouvelles... enchaîna-t-il pour changer de sujet, coupant court à toutes les protestations possibles de la jeune fille.

Le front d'Éden se plissa.

— Il a des ennuis...

— Quel genre d'ennuis ?

La jeune fille entreprit de lui narrer comment le gentil libraire s'était changé en un être vil et dangereux...

Eyver resta silencieux avant de murmurer :

— C'était un risque à courir. Je ne sais pas si Mélior l'avait calculé, mais il n'avait pas tellement le choix. Si jamais l'Avaleur de Mondes retrouvait l'un d'entre nous, il ne fallait pas qu'il apprenne où se trouvaient les Livres, le plan que nous avions monté. Chacun devait en savoir le moins possible. Surtout moi, qui prenais le Mémo et devenais la cible majeure pour l'Avaleur de Mondes.

— Vous pensez qu'il pourrait nous retrouver ?

Eyver resta silencieux quelques instants...

— Oui, je pense qu'il le pourrait.

— Il est peut-être déjà là...

Éden frissonna à cette pensée.

— Non, il n'est pas là. Pas encore. Nous le sentirions.

— Comment ?

— Il fait mal, très mal.

Éden blêmit puis demanda d'une voix blanche :

— Et s'il nous retrouvait, pourrait-il s'en prendre à la Terre ?

— Oui, bien sûr, mais Éden, n'as-tu pas senti que le mal était déjà fait ? L'Avaleur de Mondes est déjà venu sur Terre et il l'a déjà contaminée.

— Comment cela ? La Terre ne s'efface pas...

— Si, mais pas de la même manière que Chébérith. L'Avaleur de Mondes n'agit pas de la même façon tout le temps. Chaque monde a droit à sa fin personnelle. Ça doit faire partie de la poésie de l'univers, je suppose. Regarde les guerres incessantes, les attentats, la pollution, le réchauffement de la planète, la folie grandissante des hommes... C'est l'œuvre de l'Avaleur de Mondes. Les hommes sont en train de détruire leur propre planète. Ils sont tombés dans le piège de la Destruction.

— C'est lui qui... ? Évidemment, maintenant que vous le dites... Mais que peut-on y faire ?

— Il faudrait que les hommes aient envie de se sauver eux-mêmes. Ils en ont la possibilité. Leur humanité, leur empathie pourrait aller en ce sens et, heureusement, certains d'entre eux agissent pour le bien de leur planète. Mais je ne sais pas si cela sera suffisant...

Éden resta silencieuse. Son cœur était devenu aussi lourd qu'une pierre.

Mais Eyver reprit la parole :

— Parle-moi de ce libraire qui ennuie Ézéchiel...

— Vous pensez que vous pouvez faire quelque chose ?

— On peut toujours faire quelque chose...

14.

Il relisait des mots qu'il avait copiés sur une feuille, comme pour être sûr qu'il n'avait pas rêvé : « poussière d'or », « on ramasse l'or comme des cailloux »... Mélior l'avait écrit : il existait un endroit où l'or abondait et, pour trouver cet endroit, il fallait trouver les Livres-Monde. Il n'arrivait pas à comprendre de quoi il s'agissait précisément, mais il était persuadé d'une chose : ces livres le rendraient riche.

Mélior lui avait donné son carnet de notes juste avant de disparaître, en l'avertissant sur son importance. Au début, il l'avait rangé, persuadé que son ami s'était trompé, qu'il finirait par revenir. Puis il avait oublié cette histoire. Un jour, en ouvrant le tiroir, il l'avait retrouvé et, par curiosité, l'avait ouvert. Il avait été tout de suite happé par les mots de Mélior, et s'était immergé dans la lecture du texte, essayant de démêler la réalité de la fiction.

À cette époque, sa librairie tournait encore bien. Il avait des clients réguliers et fidèles, vendait de beaux livres... Et puis, le temps passant, les clients s'étaient faits de plus en plus rares et presque plus personne ne poussait la porte de sa boutique. Les affaires avaient commencé à péricliter, les vieux livres continuaient à vieillir sur les étagères, et lorsque la clochette de la porte du magasin s'arrêta de tinter, il commença à se persuader que Mélior n'affabulait pas. L'or était quelque part, il avait juste à trouver où. Les textes écrits par son ami devinrent alors son unique obsession. Il les avait lus et relus sans relâche, cherchant avec fébrilité et désespoir un indice, un code, une information cachée, qui lui permettraient de mettre la main sur les livres, puis sur le trésor dont ils parlaient, en vain.

Plusieurs années plus tard, il en était au même point. Sa librairie tombait presque en ruine, la poussière avait recouvert les ouvrages, ainsi que ses pensées. Son esprit fatigué avait retenu ce que Mélior lui avait dit : un jour, deux jeunes personnes viendraient lui demander son carnet de notes. Il n'était pas capable de les décrire, mais il semblait sûr de lui : ils viendraient pour lui demander quelque chose de sa part, sans savoir de qui il s'agissait. Se raccrochant à cet espoir, il avait décidé de les attendre. C'était sa dernière chance de salut. Si eux savaient où trouver l'or, il patienterait jusqu'à ce moment et agirait pour s'en emparer.

Et c'est ce qu'il avait fait lors la visite de Zec, Éden et Louis. Il leur avait remis le cahier de Mélior sans hésiter. Lui l'avait déjà tellement épluché qu'il savait ne pouvoir plus rien en tirer. Place aux jeunes, à ces adolescents qui semblaient être la clef de ce mystère. Il les laisserait faire tout le travail, puis il récupérerait son trésor...

Après leur départ, il les avait suivis de loin. Les trois jeunes gens n'avaient rien remarqué. Il faut dire qu'il les avait bien embobinés avec son gentil discours de libraire respectueux des dernières volontés de son ami... Ils n'y avaient vu que du feu ! Il avait repéré où vivait le garçon qui avait récupéré le carnet. Il n'avait eu qu'à les bousculer rudement, lui et son ami... Évidemment, il ne s'attendait pas au coup des ailes. Un alien... Ils existaient donc, ces êtres ! Tout ce que racontait Mélior dans son carnet était donc vrai ! Cela renforça la conviction du vieil homme : l'or devait se trouver sur leur planète ! Le garçon devait en avoir plein chez lui ! Et il refusait de lui en donner. Le sale gosse... Mais il n'allait pas le lâcher. Il le tenait, maintenant qu'il connaissait son secret. Et bientôt, l'or coulerait à flots. Il pourrait quitter sa librairie miteuse et passer une retraite méritée au soleil.

Dans l'obscurité de sa boutique, il ricana.

***

Zec regarda par la fenêtre. Il n'avait cessé de pleuvoir depuis deux jours et la rue était détrempée. Ça tombait bien : il avait besoin d'une excuse pour ne pas sortir. Il craignait tant de revoir le libraire qu'il avait trouvé tous les prétextes possibles pour rester enfermé chez lui. Il était en effet persuadé qu'il se trouvait encore là, à rôder dans le coin, malgré les trombes d'eau qui tombaient du ciel.

Mais ce jour-là, il n'avait pas pu se défiler plus longtemps. Sa mère lui avait demandé de passer au pressing.

La pluie était froide et le vent soufflait en rafales. Où était le temps chaud et sec de ces dernières semaines ? Zec se laissa tremper d'un air morne, n'osant pas lever les yeux sur les rares personnes qu'il croisait. Mais il ne put ignorer la silhouette enveloppée dans un ciré jaune, appuyée contre la cabine téléphonique, comme la dernière fois.

— Salut l'alien ! Je t'ai attendu, tu sais. J'ai cru que tu craignais la pluie.

— Arrêtez de m'appeler comme ça !

— Pourquoi ? T'es pourtant bien un alien avec tes machins dans le dos ! Hé, hé, hé !

Zec était à bout. Il était trempé, ses cheveux collaient à son visage et il sentait des rigoles d'eau froide couler dans son dos, plaquant son t-shirt contre sa peau frigorifiée.

Il se retourna vers le libraire, se redressa de toute sa hauteur et dit d'une voix grondante, en plantant son regard dans le sien :

— Je ne suis pas un alien. Je suis un ange... Un ange descendu sur Terre pour punir les gens comme vous !

Il ne savait même pas pourquoi il disait une chose pareille, mais ça lui paraissait suffisamment théâtral pour, peut-être, faire peur au vieux fou. Il vit en effet un éclat apeuré passer rapidement dans les yeux de l'homme. Mais ce dernier se ressaisit et ricana.

— C'est ça oui... Tu vas me punir, je rigole. Je crois plus aux aliens qu'aux anges, moi.

— C'est dommage pour vous...

— Où est le fric ?

— Je n'en ai pas.

— Ce n'est pas bien tu sais, tu vas me fâcher. Et si je suis fâché, je peux toujours composer un numéro de téléphone et demain, dans la presse, on ne parlera plus que de toi, de tes ailes et de ta foutue histoire d'ange ! !

Zec recula d'un pas.

— Je n'ai pas votre fric, et je ne l'aurai pas plus demain. Appelez qui vous voulez, personne ne vous croira.

Il fit un nouveau pas en arrière. Puis il se retourna et se mit à courir pour échapper à cette conversation stérile, à cette sensation angoissante d'être pris au piège.

— Tant pis pour toi, l'alien ! Je connais du monde tu sais ! Tant pis pour toi ! hurla le libraire tandis que la pluie redoublait d'intensité.

— Satané gosse, murmura-t-il en regardant la silhouette de Zec se fondre dans la grisaille. Je vais l'avoir, je ne vais pas le lâcher. J'aurai mon fric !

Puis il se remit en marche en marmonnant des paroles inintelligibles.

Soudain, il sentit qu'on l'attrapait par le bras. Il sursauta et se retourna. Un homme habillé de noir, au visage creusé et surmonté d'un chapeau de feutre, était penché vers lui.

— Alors comme ça, on embête les anges ? demanda-t-il d'une voix sourde.

Le vieux libraire sentit un frisson d'effroi parcourir son échine. Le regard de l'homme en noir était sombre, tranchant comme la lame d'un couteau.

— Non, heu... Qui êtes-vous ?

— Je suis le défenseur des anges. Il vous a bien dit que vous seriez puni, n'est-ce pas ?

La peur s'insinua dans l'âme du vieil homme. Son sang se glaça dans son corps, ses yeux s'élargirent, son cœur s'accéléra avant de ralentir.

— Voilà la punition...

L'homme en noir tira une longue seringue de sa poche. L'aiguille brilla dans l'éclair qui écartela simultanément le ciel.

— Que... Lâchez-moi ! hurla le vieux libraire.

Il aurait voulu crier à l'aide, mais il n'y avait personne sous l'orage. Il aurait voulu se mettre à courir, mais ses jambes ne le portaient plus.

Il sentit l'aiguille glacée s'enfoncer dans son avant-bras, maintenu d'une poigne de fer par l'homme en noir. Quand le tonnerre éclata, son cerveau avait déjà commencé à se noyer dans l'oubli...

***

Zec rentra chez lui encore tremblant de fureur. Il était trempé, glacé, mais il ne le sentait pas. Son téléphone sonna.

— Bonjour, Ézéchiel.

— Eyver, que puis-je faire pour vous ?

— Tu m'as l'air énervé, mon garçon, que se passe-t-il ?

— Rien qui vous concerne.

— Je pense le contraire.

— Pensez ce que vous voulez.

— C'est le vieux libraire qui te met dans cet état ?

— Qui vous en a parlé ?

— Éden a eu la bonne idée de me tenir au courant.

Zec resta silencieux. Il aurait dû se douter qu'elle allait tout lui raconter. Mais à bien y réfléchir, il aurait fait de même s'il avait été à sa place.

Eyver continua :

— Tu peux te calmer à présent, mon garçon. Il ne viendra plus t'embêter.

Le sang de Zec se figea.

— Que voulez-vous dire ?

— Rien de plus.

— Que voulez-vous dire ? répéta Zec en martelant ses mots.

— J'ai envoyé Jérôme s'en occuper.

— Que... Il l'a tué ?

— Bien sûr que non. Jérôme n'est pas un meurtrier.

Zec se remit à respirer.

— Alors ? Qu'est-ce qu'il lui a fait ?

— Mon garçon, le Mémo est une plante assez incroyable. Prise à petites doses, comme je le fais, elle permet de ralentir le travail de l'Avaleur de Mondes. Mais si on en extrait l'essence pure... Disons que ses effets sont plus destructeurs...

— Vous avez injecté de l'essence de Mémo au libraire ?

— Jérôme l'a fait, oui.

— C'est comme si vous l'aviez tué !

— Non, mon garçon. La quantité n'était pas suffisante pour le tuer. Il pourra encore vivre de longues années, mais disons qu'une partie de son cerveau n'est plus aussi active qu'avant.

Zec resta silencieux. Il voulait dire « c'est affreux ! », mais il éprouvait un tel soulagement qu'il ne savait plus que penser. Il se trouvait monstrueux de se sentir plus léger en apprenant qu'un homme venait de perdre l'esprit.

— C'est... C'est...

— C'est comme ça, Ézéchiel. Tu n'es responsable de rien. C'est cet homme tout seul qui s'est mis dans cette situation. Il s'est mêlé de quelque chose qui ne le regardait pas.

— Ce n'est pas une raison...

— Non, c'est vrai, mais nous n'avions pas le choix. Les grandes causes ont toujours eu leur lot de pertes...

— Je dois vous laisser, murmura Zec en raccrochant.

Il se sentait abasourdi, nauséeux, coupable... mais tellement soulagé. Un mélange de sentiments contradictoires s'enroulait en circonvolutions dans son cerveau, en anneaux autour de son cœur. Il comprit qu'il venait de laisser son enfance définitivement derrière lui et que plus jamais les choses ne seraient comme avant.

Ce n'est que bien plus tard, quand Louis l'appela pour prendre de ses nouvelles, que Zec sortit de la torpeur dans laquelle cette nouvelle l'avait plongé. Il devait reprendre le cours de sa vie, faire comme si de rien n'était, avancer... Il n'avait pas le choix.

Quand Éden le retrouva ce soir-là, elle comprit tout de suite qu'il s'était passé quelque chose. Louis était avec Zec et les deux garçons avaient la mine grave. Zec lui raconta tout, sans la regarder dans les yeux.

La jeune fille posa sa main devant sa bouche pour étouffer un cri.

— Mon Dieu... Oh Zec, je ne pensais pas...

— Non, effectivement, tu n'as pas pensé. Je ne t'ai jamais demandé de tout raconter à Eyver !

— Mais que voulais-tu faire d'autre ?

— Je ne sais pas... Je ne sais pas.

Zec se laissa tomber sur son lit.

— Zec, je pense qu'elle a bien fait d'en parler à Eyver, même si la fin n'est pas celle qu'on imaginait, murmura Louis. On ne s'en serait pas tirés tout seuls. Des histoires comme ça, on en voit dans les films, mais les vivre en vrai, c'est pas la même chose. Et n'oublie pas qu'il a tenté de nous tuer et qu'il t'a tiré dessus !

Éden n'ajouta rien, mais elle jeta un regard reconnaissant à Louis.

Zec plongea son visage dans ses mains.

— Oui... Il faudra juste que j'apprenne à vivre avec ça.

Les trois adolescents restèrent silencieux un long moment. Enfin, timidement, Éden reprit la parole.

— Heu... sinon, j'ai pu faire changer mon billet d'avion. Je ne repars que fin août. Je me suis dit que pour retrouver trois Livres-Monde, vu comme c'était parti, ça allait prendre plus d'une semaine.

— Ah bon ? Je pensais qu'on aurait trouvé les trois Livres dans quelques jours, moi ! répliqua Zec, heureux de changer de sujet.

— Ben tiens. Il suffit juste qu'Eyver nous traduise ses petits textes et on aura plus qu'à aller chercher les Livres ! Éden, tu peux rechanger tes billets, fanfaronna Louis.

Zec s'esclaffa avant de froncer les sourcils.

— On n'a toujours pas de nouvelles d'ailleurs, il ne m'a rien dit quand il m'a appelé tout à l'heure.

— Je ne sais pas s'il aura eu le temps de tout traduire, il y avait quand même beaucoup de pages, expliqua Éden.

Zec se redressa.

— J'aimerais bien mettre la main sur ces Livres. J'aurais au moins l'impression qu'on ne fait pas tout ça en vain.

— Je suis sûre qu'il va trouver quelque chose. C'est bien pour ça que Mélior a laissé ses notes.

— Ouais... On verra...

Ce n'est que le lendemain que Zec reçut un autre appel d'Eyver.

— Bonjour, Ézéchiel. Tu te sens mieux aujourd'hui ?

— Oui, on peut dire ça.

— Bien. Écoute, j'ai tout traduit. Tout ce que Mélior a rédigé en chébérien.

— Et alors ? Vous avez trouvé ?

— Rien.

— Quoi ?

— Rien du tout. Je ne sais pas où sont cachés les Livres.

— C'est impossible !

— J'ai bien peur que si...

15.

Silencieusement, les trois ados savouraient leur glace à la terrasse d'un café. Sous le soleil écrasant qui était de retour, c'était devenu indispensable. Louis avait vissé une casquette sur sa tête, et Éden avait noué ses cheveux en un chignon maintenu par un stylo.

Ils étaient perplexes à cause de ce que Zec venait de leur raconter : Eyver n'avait trouvé aucune indication sur le lieu où pouvaient se trouver des Livres-Monde.

— Ça n'a aucun sens ! s'écria Éden en plongeant sa cuillère dans la chantilly.

— Je sais bien, et pourtant...

Louis se gratta la tête sous sa casquette.

— Peut-être que le cerveau d'Eyver est vraiment trop ramolli et qu'il n'a rien compris à ce que Mélior a écrit.

Éden et Zec se regardèrent. Si c'était le cas, il n'y

avait plus rien à faire. Eyver était le seul à pouvoir lire le chébérien.

Éden se secoua :

— Non, c'est impossible ! Je suis sûre qu'il a tout traduit correctement. Il doit y avoir autre chose !

— Oui, mais quoi ?

— Il faut aller le voir.

Un peu plus loin, trois jeunes filles s'étaient retrouvées pour une sortie shopping. L'une d'entre elles n'avait d'yeux que pour Zec. Il faut dire que le jeune homme avait beaucoup changé, même si lui-même ne s'en rendait pas compte. Son visage avait gagné en maturité et ses joues, perdant leurs dernières rondeurs d'enfance, s'étaient creusées. Elles laissaient apparaître des pommettes saillantes et une mâchoire volontaire. Son dos, dont la morphologie s'était modifiée avec l'arrivée des ailes, s'était élargi et ses épaules étaient devenues carrées. Enfin, ses cheveux noirs avaient poussé et il les avait coiffés en arrière, laissant juste une mèche tomber négligemment sur son front.

La jeune fille le montra discrètement à ses amies :

— Il est trop beau le garçon, là, en face.

Ses deux copines se retournèrent.

— Mais, c'est Zec ! s'exclama l'une d'entre elles.

— Tu le connais ?

— Oui, il est au lycée avec moi !

— Tu ne nous avais pas dit qu'il y avait des canons pareils !

— C'est vrai qu'il est devenu canon...

Celle qui avait reconnu Zec se redressa et rejeta ses cheveux en arrière. C'est d'un pas assuré qu'elle traversa la rue, suivie de ses deux amies qui gloussaient comme des dindes.

Zec leva la tête à ce moment-là et son cœur se figea dans sa poitrine. Elle s'avançait vers lui, ses longs cheveux blonds brillant au soleil. Sa bouche maquillée semblait humide et s'entrouvrait sur ses dents délicates comme des perles nacrées. Elle était perchée sur des espadrilles à talons compensés, qui allongeaient ses jambes interminables découvertes par une minijupe fleurie. Le débardeur qu'elle portait dénudait plus de chair qu'il n'en cachait.

Elle se planta devant un Zec médusé et lui décocha son sourire le plus ravageur :

— Salut Zec, ça fait un moment ! Comment vas-tu ?

Zec bredouilla :

— Bonjour, Léa ! Ça va et toi ?

— Tranquille, je profite des vacances. Tu pars bientôt ?

— Heu non, je ne pense pas...

— Ah ? Moi non plus, je ne pars pas avant le mois d'août. On pourrait s'appeler et faire un truc un de ces jours ?

— Heu...

Zec se sentait complètement abasourdi. Il avait couru après Léa toute l'année sans qu'elle daigne même lui accorder le plus petit sourire, et aujourd'hui elle était là, devant lui, et l'invitait à sortir !

Éden se tourna vers Léa et avec un sourire mielleux et se présenta :

— Salut ! Moi, c'est Éden !

Léa regarda froidement Éden...

— Bonjour...

... Avant de reporter son attention sur Zec, ignorant superbement les autres.

— Alors Zec, ça te dirait ?

Voyant que le garçon n'avait pas l'air décidé, elle farfouilla dans son mini-sac à main et en sortit un stylo.

— Tiens, voilà mon numéro, dit-elle en griffonnant rapidement des chiffres sur un coin du set de table en papier qu'elle déchira. Elle le tendit à Zec d'un geste gracieux.

— Appelle-moi quand tu veux, je serai vraiment super contente de te revoir ! À bientôt !

Puis elle fit demi-tour et rejoignit sa petite bande avec un déhanchement suggestif.

— Quelle greluche, celle-là ! s'exclama Éden en la regardant onduler des hanches. C'est une copine à toi ? demanda-t-elle à Zec.

— Heu non, pas vraiment ! En fait, on ne s'était jamais parlé jusqu'à aujourd'hui !

Louis, hilare, donna son explication des faits :

— Elle a dû sentir que tu étais devenu un ange, mon gars ! Ça plaît aux filles ces trucs-là, regarde Nicolas Cage, il a réussi à emballer Meg Ryan comme ça !

Il donna une grande tape dans le dos de son ami, enfonçant légèrement son aile.

Après avoir terminé leur glace, ils se rendirent chez Eyver. Ce dernier les attendait dans son salon, avec le cahier à portée de main. Alors qu'ils prenaient place autour de lui, Jérôme s'activait déjà à leur servir des rafraîchissements.

Quand il fut sorti de la pièce, Zec murmura :

— J'ai du mal à imaginer que c'est le même Jérôme qui a injecté le Mémo dans les veines du libraire.

Eyver eut un sourire furtif.

— Jérôme a une histoire compliquée. Il n'a pas toujours été le parfait majordome que vous voyez là. Je ne rentrerai pas dans les détails, mais disons qu'il a un passif un peu chargé et que je l'ai tiré d'un très mauvais pas, il y a quelques années de cela. C'est la raison de sa parfaite dévotion envers moi. Mais nous ne sommes pas là pour parler de ça.

Eyver prit le carnet de notes de Mélior posé sur la table près de lui.

Il fit défiler les pages rapidement.

— Je ne comprends pas ce que Mélior a cherché à faire avec ce cahier. Il n'y a aucun détail qui pourrait nous aiguiller sur l'endroit où sont cachés les Livres-Monde.

— Et... heu... vous êtes sûr d'avoir tout bien traduit ? demanda timidement Louis, restant sur sa première idée.

Eyver sourit.

— Ta question est légitime, mais je peux t'assurer que oui.

— Mais alors, que raconte-t-il exactement ? demanda Éden.

— Il a écrit une lettre d'amour très touchante à sa femme, et il a donné quelques détails techniques sur la façon dont fonctionnent les Livres. Mais rien sur leur emplacement.

— C'est complètement idiot ! s'énerva Éden.

Zec resta silencieux. Il avait les yeux rivés sur le carnet. Eyver, sentant son regard, tendit les notes de Mélior au garçon.

— Tu veux regarder quelque chose ?

Zec hocha la tête et ouvrit le cahier à la page où un long texte était griffonné en chébérien. Il observa les symboles étranges couchés sur le papier. Ce langage ne ressemblait en rien à tout ce qu'il avait vu sur Terre. Ni aux langues orientales, ni aux symboles asiatiques, ni aux hiéroglyphes égyptiens. C'était plus complexe, plus mystérieux...

Zec repensa à ses jeux d'enfants avec Louis. Ils s'écrivaient des textes codés qu'ils appelaient des messages secrets. Ils les glissaient dans leurs boîtes aux lettres respectives et passaient de longs moments à chercher la clef qui permettait de déchiffrer les messages. Cela lui donna une idée :

— Est-ce qu'il n'a pas pu cacher un code à travers ses textes ?

Eyver hocha la tête d'un air entendu.

— J'y ai pensé et j'ai testé plusieurs codes courants sur Chébérith, ainsi que certains autres plus compliqués, mais ça n'a rien donné.

Zec laissa retomber le cahier sur ses genoux.

Il n'écoutait que d'une oreille distraite les questions qu'Éden posait à Eyver sur les traductions de certains passages.

Il était comme hypnotisé par les dessins curieux que Mélior avait griffonnés rapidement au stylo. Il aurait aimé apprendre à lire le chébérien, percer le secret de ces cercles, de ces arabesques, de ces motifs qui signifiaient quelque chose... Il remarqua alors que Mélior avait numéroté chaque page, certainement avec des chiffres chébériens. Leur écriture était légèrement différente, plus carrée. Avec des points et des virgules à l'intérieur des symboles.

Il retourna le carnet vers Eyver et demanda :

— Ce sont des chiffres chébériens ? Ça ne ressemble pas du tout au reste de l'écriture.

Eyver se pencha sur le cahier.

— Zec... Je n'avais même pas fait attention à ce détail !

Il saisit une paire de lunettes posée près de lui et la cala sur son nez. Son regard parut s'illuminer, puis il reprit le carnet des mains de Zec et le rouvrit à la première page fébrilement.

— Ce ne sont pas des chiffres, mais des symboles. Ce sont des glyphes !

— Des quoi ? demanda Louis.

— Sur Terre, les glyphes seraient, par exemple, des signes pictographiques que les Mayas utilisaient pour écrire, expliqua Eyver. On avait l'équivalent sur Chébérith. C'est une langue très ancienne, qui utilise des symboles visuels pour décrire des choses, ou des syllabes.

— Et vous savez lire ces glyphes ? demanda Zec, qui sentait l'excitation monter en lui.

— Oui, bien sûr ! Mélior et moi étions ensemble à l'université où nous avons étudié l'histoire de la civilisation Mtopée, qui utilisait ce moyen de communication.

— Alors, il savait que vous seriez le seul à pouvoir les lire. C'est là qu'il a dû cacher quelque chose !

— C'est exact. Heureusement que tu les as remarqués, Zec. Sans toi, les efforts et la bonne idée de Mélior seraient restés vains. Décidément, ma vieille tête n'est plus aussi vaillante qu'autrefois !

Malgré sa concentration, le visage d'Eyver était radieux. Ses yeux brillaient d'un éclat que Zec ne lui avait jamais vu et un large sourire éclairait son visage. On pouvait alors deviner l'homme qu'il était avant que le Mémo ne le détruise à petit feu.

Il prit un crayon posé sur la table, près de lui. Visiblement, il gardait en permanence de quoi écrire à portée de main. Il se plongea dans la lecture des glyphes. Éden jeta un long regard intense à Zec qui lui rendit, ainsi qu'à Louis, un sourire plein d'espoir.

Finalement, après de longues minutes de silence passées à noircir fiévreusement son carnet, le vieil homme reposa son crayon et poussa un long soupir.

— Alors ? demanda Éden impatiente.

— Vous êtes prêts ?

— Oui !

Les trois jeunes avaient répondu en un chœur parfait.

— Voici ce qui est écrit : « En passant par le Trou du Canon d'en haut, le doigt vous indique la direction du Livre des Âmes. »

— Quoi ? C'est tout ?

Louis était frustré : ça ne voulait rien dire du tout !

— Oui, c'est tout, mais je suis sûr que Mélior a donné toutes les indications nécessaires dans cette phrase sibylline.

— À nous de découvrir ce qu'elle veut dire, conclut Éden avec philosophie.

***

Zec repensait sans cesse à la phrase que leur avait laissée Mélior en héritage. Il se déshabilla, songeur, et, avant de mettre son jean dans le bac de linge sale, il vida ses poches. Il retrouva un bout de papier roulé en boule. Il le déplia : c'était le numéro de Léa. Après tous ces événements, il l'avait complètement oubliée. Il le contempla un long moment. Il avait en tête l'année qu'il venait de passer, où la belle Léa l'avait traité avec tant de mépris, alors qu'il se consumait d'amour pour elle. Il ne savait pas pourquoi elle avait changé d'avis, et il ne savait pas non plus comment il devait réagir.

Il n'osait pas demander conseil à Louis, parce qu'il savait que son ami allait se moquer de lui, à juste titre !

Mais avoir les coordonnées de Léa et ne pas l'appeler, c'était au-delà de ses forces !

Il composa le numéro. Il était tard et il s'attendait à tomber sur sa boîte vocale, mais non, la ligne sonna. Il raccrocha précipitamment.

— Laisse tomber, se murmura-t-il à lui-même. Ça n'en vaut pas la peine. Tu as autre chose à faire en ce moment.

Mais son téléphone sonna aussitôt, affichant le numéro de Léa qu'il venait de composer !

Il hésita un bref instant avant de décrocher.

— Allô ?

— Bonsoir, j'ai vu ce numéro s'afficher sur mon téléphone et je ne sais pas qui c'est ! chantonna la voix de Léa à l'autre bout du fil.

— Ah Léa, c'est moi, Zec. Excuse-moi, je ne voulais pas te déranger. J'ai pensé qu'il était trop tard...

— Mais pas du tout ! Je suis hyper contente de t'entendre ! Comment ça va ?

— Bien, bien, et toi ?

— Très bien ! J'ai été surprise de te voir tout à l'heure ! Tu as changé. On dirait que tu as vieilli en quelques semaines !

Zec sourit.

— Tu n'as pas tort. C'est ça qui t'a donné envie de me parler ? Parce que tu n'étais pas très causante pendant l'année !

— Oh Zec, excuse-moi ! Je ne voulais pas te blesser ! C'est juste que... j'avais autre chose en tête...

Ils continuèrent à bavarder. Elle lui apprit qu'elle habitait juste à côté de chez Eyver, avait trois petites sœurs, adorait la mode et rêvait de devenir styliste. Zec connaissait déjà plusieurs de ces détails, qu'il avait découverts en cherchant à mieux la connaître pour attirer son attention.

Il parla peu, préférant l'écouter. Elle ne faisait plus partie de son univers. Désormais, il avait des ailes, il venait d'un autre monde, il avait une mission à remplir. Sa vie entière tournait autour de ce but. Quand ils raccrochèrent, il se dit que Léa lui était désormais une étrangère.

***

Éden referma son ordinateur portable d'un coup sec, en soupirant d'agacement.

— Rien, je ne comprends rien !

Louis, de son côté, reposa un gros livre qu'il avait pris à la bibliothèque sur l'histoire des canons.

— Ça me saoule grave, ce livre. Je n'ai jamais rien lu d'aussi ennuyeux.

Au même moment, Zec les rejoignit dans le salon. Il s'était isolé dans sa chambre pour appeler l'hôtesse d'un château transformé en musée, dans lequel se trouvaient d'antiques canons.

— Toujours pareil : il n'y a rien qui correspond au message de Mélior.

— Si je résume bien, on a appelé à peu près tous les endroits en France où se trouvent des canons. On a cherché dans les châteaux, les musées, les villes médiévales, les villes à remparts... Qu'est-ce qu'on a pu oublier ? demanda Éden en laissant tomber sa tête dans le creux de ses bras, qu'elle avait croisés sur la table.

— À mon avis, on n'a rien oublié, c'est juste que ce n'est pas d'un canon que parle Mélior, suggéra le jeune homme.

— Ah oui ? Alors de quoi il parle quand il dit « le Trou du Canon », d'un champ de pâquerettes peut-être ?

— Louis, arrête d'être aussi sarcastique. Je suis aussi fatigué que toi par ce mystère. Tu n'es pas obligé de chercher avec nous, dit sèchement Zec. C'est à Éden et à moi qu'incombe cette mission. Tu peux rentrer chez toi si tu veux !

— Ohé ! Prends pas la mouche comme ça ! C'est

bon, je reste... Un vrai Robin se doit de rester à son poste jusqu'au bout !

— Alors sois plus positif. C'est déjà assez difficile comme ça.

Ils restèrent silencieux. Puis Éden déclara :

— Je pense qu'il nous manque un élément.

— Certainement, mais où le chercher ?

— Chez Mélior.

— Quoi ? demandèrent Zec et Louis en chœur.

— Chez Mélior. Le vieux fou nous a bien dit qu'avant, il habitait l'appartement au-dessus de la librairie, il faut qu'on y aille.

— Mais enfin, Éden, l'appartement doit être occupé par quelqu'un d'autre depuis longtemps !

— Pas sûr Zec, pas sûr ! Si Mélior en était propriétaire et qu'un compte toujours ouvert continue à payer les charges... Mon père a des clients qui ne sont jamais chez eux et se sont organisés comme ça... C'est tout à fait possible. De plus, le libraire nous a dit qu'il attendait son retour...

Zec fit la grimace.

— Je n'ai pas tellement envie de revoir le libraire, moi...

— Je comprends que cela soit difficile, mais est-ce que tu vois une autre solution ?

— Non, aucune.

16.

Il ne leur fallut pas longtemps pour se retrouver rue de Furstenberg. C'était la fin de la journée et la lumière dorée allongeait l'ombre de l'arbre sur la placette. La librairie était éclairée. Le cœur serré, Zec poussa lui-même la porte du petit magasin.

Le vieux libraire était assis derrière son comptoir, plongé dans la lecture d'un ouvrage, exactement dans la même position que lors de leur premier passage.

Il redressa la tête et remonta ses lunettes sur son nez.

— Bonsoir, jeunes gens, que puis-je faire pour vous ? demanda-t-il d'une voix usée.

Zec eut l'impression qu'il allait se sentir mal. Il n'osait pas le regarder en face. Heureusement, Éden passa devant lui et c'est elle qui répondit :

— Bonsoir, monsieur. Nous voudrions voir l'appartement de Mélior, qui se trouve au-dessus de votre magasin. Nous pensions que vous en aviez peut-être les clefs ?

L'homme frissonna. Un éclat brilla dans ses yeux et s'éteignit aussitôt.

— Mélior ? Oui... Ce nom me dit quelque chose. Il me semble qu'il habitait bien dans l'immeuble. Mais il n'y vit plus depuis longtemps... Je crois... Pourquoi ?

— Nous sommes de sa famille, répondit Éden sans hésiter. Visiblement, elle avait préparé ses arguments.

Le libraire les regarda tous les trois avec attention.

— Je vous connais, n'est-ce pas ? Je vous ai déjà vus ? Je suis sûr de vous reconnaître.

Le cœur de Zec s'affola dans sa poitrine. Il ferma les yeux, espérant échapper à cet instant pénible. Mais Éden ne se démonta pas.

— Oui, nous sommes déjà passés. Mélior était mon oncle, vous avez déjà dû me voir plusieurs fois !

— Mais oui, bien sûr, je me disais aussi que vous ne m'étiez pas étrangère. La nièce de Mélior. Je dois avoir la clef de l'appartement de ton oncle quelque part... Mais je ne sais plus du tout où...

— Dans le tiroir de votre bureau ? risqua Éden.

Le libraire tressaillit. Son regard se voila et il passa sa main sur son front.

— C'est étrange... Je...

Ses yeux se posèrent sur Zec et il blêmit. Il sembla sur le point de dire quelque chose, puis le moment de tension retomba.

— Oui, qu'allais-je dire ? Le tiroir de mon bureau ? Je vais aller voir. Attendez ici.

Il disparut dans l'arrière-boutique. Zec poussa un gémissement.

— Quelle horreur… Le pauvre, il a l'air tellement… perdu… Ça se voit qu'il ne tourne pas rond !

— Il ne tournait pas rond avant non plus, rappela Louis d'une voix étouffée.

Le vieil homme revint dans le magasin, un trousseau de clefs à la main.

— Bonsoir, c'est à quel sujet ? demanda-t-il, complètement hagard.

Éden eut une exclamation, mais se ressaisit très vite.

— Nous sommes venus chercher les clefs que vous tenez.

Le libraire sembla alors découvrir le trousseau.

— Ah oui ? Si vous le dites…

Il le tendit à Éden, qui s'en empara d'un geste vif. Le libraire regarda encore Zec.

— Toi… Tu es un ange, c'est ça ? Je me souviens. Un ange…

Zec sentit ses jambes flageoler. Il étouffait dans cette boutique poussiéreuse.

— Pardon ? demanda-t-il d'une voix tremblante.

Mais sans plus attendre, Éden poussa Zec vers la sortie tout en saluant le vieil homme au regard mort :

— Merci beaucoup, monsieur, c'est très aimable de votre part. Bonne soirée !

Le libraire ne répondit pas. Il avait déjà repris sa place derrière le comptoir, et feuilletait son livre comme s'il n'avait jamais été interrompu.

Les trois adolescents se ruèrent à l'extérieur comme des prisonniers en mal de liberté.

Éden poussa la porte de l'immeuble et grimpa les escaliers en bois à toute allure. En vérité, elle était bouleversée, mais ne voulait pas le montrer aux garçons. Elle se sentait en partie responsable de la situation, mais rien ne pourrait réparer ce qui avait été commis. Alors, autant continuer la quête des Livres-Monde sans regarder en arrière.

Au premier étage, il n'y avait qu'une porte. Éden glissa une clef dans la serrure et, dans un « clic » léger, elle s'ouvrit aussitôt sur un appartement vide et silencieux.

Les trois jeunes gens restèrent un moment immobiles, n'osant s'aventurer plus loin. Louis fut le premier à entrer. Les volets étaient fermés, plongeant dans la pénombre la pièce parfaitement ordonnée qui s'offrait à eux. Seule une couche de poussière grise indiquait que personne ne vivait ici depuis longtemps. Le salon sentait le renfermé, le bois, l'absence.

Timidement, Éden suivit Louis et alla ouvrir les volets pour laisser entrer les derniers instants de lumière de la journée.

— Qu'est-ce qu'on cherche exactement ? demanda Louis en tournant sur lui-même.

— Quelque chose en rapport avec un canon, répondit Zec.

La petite équipe se mit alors au travail. Au début, ils n'osaient rien toucher, puis s'enhardissant, ils ouvrèrent les armoires, inventorièrent les tiroirs, soulevèrent quelques babioles. Mais rien ne parlait d'un canon.

Éden finit par s'asseoir sur le lit de la chambre à coucher. Mélior semblait avoir été quelqu'un de très méticuleux. Son appartement était en ordre, la vaisselle et les vêtements parfaitement rangés. Ses papiers aussi étaient classés et elle avait eu la preuve de ce qu'elle avançait : Mélior avait acheté son appartement et pris toutes les dispositions nécessaires pour que sa disparition n'ait aucune conséquence. Pourquoi exactement ? Elle n'en savait rien. Peut-être que, ne sachant pas quand il s'effacerait, il avait prévu large pour ne pas être embêté une fois incapable de s'occuper de tout ça lui-même ? Ou alors, peut-être espérait-il revenir un jour, puisqu'il s'était attaché à la Terre...

Quoi qu'il en soit, c'était une chance que personne n'ait touché à rien ! Si un indice était encore caché ici, ils finiraient par le trouver. Elle entendait les garçons s'affairer dans la cuisine et le séjour.

Elle laissa ses pensées errer en observant la pièce. Sur un mur, Mélior avait collé plusieurs photos en pêle-mêle. Sur l'une d'entre elles, on voyait une femme aux yeux mauves dont le regard était si vivant qu'on avait la sensation qu'elle allait se mettre à bouger. Attirée par ce visage aux traits purs, Éden se leva et se rapprocha de la photo. Dans un angle, Mélior avait écrit au feutre argenté : « Le regard de Mira, ma beauté. » C'était sa femme. Mélior en parlait souvent dans son carnet. Un sentiment de tristesse envahit Éden en pensant à toutes ces vies noyées dans le néant.

Visiblement, c'était le seul souvenir que le Chébérien avait ramené de son monde car, sur une autre photo, on voyait la tour Eiffel annotée elle aussi : « Un prodige d'architecture. » Mélior avait également accroché une photo du château de Chambord, une du Mont-Saint-Michel : « Une curiosité à ne pas manquer. » Apparemment, il avait visité la France et avait collecté les souvenirs, certainement pour qu'ils lui reviennent juste en contemplant le pêle-mêle, quand il affronterait l'oubli. Est-ce que ces sites étaient susceptibles d'abriter des canons ? Elle savait qu'il y en avait au Mont-Saint-Michel. Est-ce qu'elle tenait une piste ?

Elle continua à regarder les paysages qui jaunissaient sur le mur. Soudain, elle se figea. Sur une photo, on voyait la mer et, devant, une muraille de pierres blanches qui s'élevaient tels des orgues vers le ciel. Au milieu, une petite ouverture carrée découpait la roche comme une fenêtre. Dans un coin, Mélior avait écrit : « En-Vau et son Trou du Canon. »

Éden arracha la photo du mur et, le cœur battant, se précipita dans le salon où ses camarades continuaient leurs recherches.

— J'ai trouvé ! s'écria-t-elle en brandissant la

photo. J'ai trouvé ! Ce n'était pas un canon ! C'est un trou dans la roche !

Les deux garçons se ruèrent sur leur amie qui commença aussitôt à déballer son ordinateur portable de son sac à dos. Elle le posa sur la table de la salle à manger et l'alluma.

Louis prit la photo et l'inspecta.

— Pas facile à deviner, ronchonna-t-il en lisant les mots de Mélior.

Mais Éden ne l'écoutait pas, affairée sur son ordinateur.

— Pourvu qu'il y ait du réseau... Ah super !

Sur la barre supérieure de l'écran, un symbole indiquait que l'ordinateur avait bien capté un réseau wifi dans la rue. Éden s'y connecta et se rendit sur la page d'accueil de Google. Elle tapa dans la barre de recherche « En-Vau + Trou du Canon ». L'ordinateur moulina quelques secondes puis le résultat s'afficha. La première entrée était la suivante :

Escalade dans les Calanques
Retour en rappel du Trou du Canon puis descente à En-Vau.

— C'est ça ! s'écria Éden. J'en suis sûre ! Il ne fallait pas lire le « Trou du Canon d'en haut », mais le « Trou du Canon d'En-Vau ».

Elle cliqua sur le lien. La page se chargea sur un tableau qui résumait la journée d'escalade d'un groupe de personnes. Ils avaient gravi un endroit qui s'appelait la brèche de Castelvieil, uniquement accessible en escalade. Sous le texte, il y avait des photos. Le paysage était époustouflant. On voyait une grande paroi rocheuse blanche, parsemée d'arbres et de buissons. La mer, en contrebas, était verte comme une émeraude, transparente comme le cristal.

Et dans le mur rocheux de la brèche de Castelvieil, une petite ouverture carrée se dessinait, comme une fenêtre sur le ciel, étrange et improbable.

— Ouaah, murmura Louis.

— C'est magnifique ! C'est comme sur la photo de Mélior ! C'est où exactement ? demanda Zec, surexcité.

Éden déplaça le curseur vers le cadre dédié aux informations.

— C'est à Cassis, près de Marseille. Mais oui ! Bien sûr ! s'exclama-t-elle en retournant fouiller dans son sac pour en sortir les photocopies du cahier de Mélior. Elle les feuilleta fébrilement et s'arrêta sur une page cornée.

Dans ce coin de paradis, je m'imbibe des couleurs, si simples mais tellement éclatantes. Ce bleu, ce vert et ce blanc explosent sous le soleil de plomb. Les cigales crissent dans la moiteur et des parfums de sève et de thym montent du sol. Je suis là, assis au milieu de cette splendeur, dans ce lieu hors du temps. Et je regarde autour moi, je respire, j'écoute, je m'emplis de cette beauté. C'est le lieu idéal.

— Le lieu idéal pour cacher un des Livres-Monde ! conclut triomphalement Éden en brandissant la page. Son visage irradiait la joie et la fierté.

— J'y crois pas, souffla Zec en se passant les mains dans les cheveux, on a trouvé !

— Heu... pas encore, il vous reste à aller à Marseille, à trouver cette calanque d'En-Truc et à deviner quel doigt vous indique le Livre-Monde, fit remarquer Louis.

— Bien résumé, il ne nous reste plus qu'à aller là-bas !

— Ah, ah, avec toi Éden, tout est facile !

— Attends, excuse-moi, mais il y a plus compliqué sur Terre que de prendre le train et de retrouver un coin touristique dans le sud de la France !

Zec se retourna vers Louis :

— Dis-moi, tu ne voulais pas qu'on se prenne quelques jours de vacances dans un camping au bord de la mer ? Même que je devais t'y emmener en volant...

— Tout à fait ! J'ai pas oublié !

— Alors, Marseille, ça te dit comme destination ? Mais je te préviens, personne n'y va en volant ! Le TGV est plus confortable !

Ils éclatèrent de rire. Ils se sentaient soudainement tellement plus légers ! Le Livre-Monde leur paraissait être au bout de leurs doigts, si proche...

***

Avec un pincement au cœur, ils avaient refermé les volets de l'appartement de Mélior. Éden avait même remis la photo en place, désirant que tout soit rangé à l'identique, comme l'avait laissé le Chébérien avant de disparaître.

Zec et Louis avaient raccompagné Éden au métro et revenaient chez eux tranquillement, en riant.

— Je suis trop content ! s'écria Louis. On va partir en vacances ! C'est génial ! Tu crois que l'eau sera chaude ?

Zec éclata de rire.

— On verra bien ! Moi aussi je suis super content ! Je commençais à me demander où tout cela allait nous mener ! Tu sais quoi ? Ça me donne envie de m'envoler, de planer !

— Vas-y ! Ne te gêne pas pour moi !

— Comme ça, au milieu de la rue ?...

Louis regarda autour d'eux. Personne ne regardait dans leur direction. Un couple qui marchait devant eux disparut à l'angle du carrefour.

— Allez, fais-toi plaisir !

Zec examina les environs à son tour. Ils marchaient le long du parc, là où le libraire les avait agressés quelques jours auparavant. Il n'y avait jamais grand monde dans ce coin-là le soir, une fois le jardin fermé.

— J'y vais ?

Zec sentait le bout de ses ailes le démanger.

— Vas-y, je fais le guet !

Louis lui fit un clin d'œil.

Zec regarda encore une fois dans toutes les directions, enleva son t-shirt et le tendit à son ami. Puis il étira ses ailes, comprimées depuis trop longtemps sous ses vêtements.

— Ouah ! s'exclama Louis. Chaque fois que tu fais ça, tu m'impressionnes !

Zec lui sourit et, d'un coup de talon, s'éleva dans le ciel qui saluait la fin de la journée dans une débauche de couleurs.

Peu avant, la porte d'un immeuble s'était ouverte, un peu plus loin. Une jeune fille en était sortie et son regard avait été attiré par le rire des deux garçons.

— Mais, c'est Zec ! s'était-elle exclamée. Elle allait s'élancer vers lui pour le saluer quand elle l'avait vu ôter son t-shirt et, curieuse, elle s'était plaquée dans le renfoncement d'une porte pour l'observer.

— Qu'est-ce qu'il fabrique ?

Son cœur fit un bond lorsque d'immenses ailes blanches jaillirent de chaque côté du dos de son ami. Léa plaqua une main sur sa bouche pour étouffer un cri de surprise. Elle le suivit longuement des yeux, émerveillée, jusqu'à ce qu'il disparaisse au-dessus des arbres du parc.

Des ailes ! Elle fut tentée de rattraper Louis qui contournait la grille, mais elle se ravisa. Il fallait qu'elle réfléchisse et qu'elle en parle avec Zec directement. Lentement, elle rentra chez elle, envahie par la joie et le regret...

***

Zec virevolta longuement dans la nuit. Il avait besoin de s'enivrer de cette sensation de liberté, d'apprendre à connaître ce corps étrange, mais qui était bien le sien. Il montait haut en fermant les yeux, jusqu'à ce que le froid le fasse frissonner. Alors, il redescendait et regardait la ville s'approcher de lui à toute allure.

Une fois qu'il se fut bien fatigué, il rejoignit Louis qui l'attendait, assis sur le perron de leur immeuble, le visage plongé vers le minuscule écran de son téléphone.

Il releva la tête en voyant Zec se poser devant lui.

— Alors, c'était bon ?

— Grave. Un vrai bonheur. Tu fais quoi, toi ?

— Rien, j'envoyais un texto à Leeloo.

— Ah ? Celle du Net ?

Louis hocha la tête en lisant la réponse qu'il venait de recevoir dans une vibration de son téléphone.

— Je croyais que tu avais laissé tomber parce que tu avais des vues sur Éden.

— Ouais, mais finalement, il faut que je me rende à l'évidence, elle craque pour toi !

Zec souleva un sourcil et s'assit près de son ami en enfilant son t-shirt.

— Qu'est-ce que tu racontes ?

— Mais oui, t'as pas remarqué comment elle te regarde ? Comment elle aime te prendre la main ? Comment elle te sourit ? Elle est folle de toi !

— Tu plaisantes, j'espère. Éden et moi, on est proches parce qu'on a nos ailes. Sinon, elle ne me regarderait même pas. On n'est pas du tout du même monde.

Louis s'esclaffa :

— Tu te moques de moi ? Il y a un truc entre vous, c'est sûr. Allez, avoue, elle ne te laisse pas indifférent !

Zec rougit. Il était heureux qu'il fasse nuit et que son visage soit en partie noyé dans la pénombre. Il repensa aux mains d'Éden sur son visage... Il préféra éluder la réponse.

— Pfff... J'ai autre chose à penser en ce moment !

— C'est ça ouais... Mais fais gaffe ! Avec Léa qui te court après, tu deviens un sex-symbol !

Zec haussa les épaules.

— Alors celle-là, je ne sais pas ce qui lui a pris...

Louis rit doucement en tapotant le dos de son ami :

— Tu n'es plus le même, Zec, depuis toute cette histoire de Livres-Monde. Tu ne t'en rends pas compte...

Zec resta silencieux. Il savait qu'il avait changé. La vie l'y avait forcé. Mais il ne se doutait pas que cela se voyait de l'extérieur. Tout ce qu'il ressentait de nouveau était tellement... intime.

Il était encore l'ancien Zec, mais il était aussi un

nouveau Zec qui se dévoilait au fil des jours et qu'il apprenait à connaître. Et les autres, est-ce qu'ils avaient aussi changé, ou était-ce le regard qu'il leur portait qui était différent ?

17.

Assise dans le silence de sa chambre, Léa ne parvenait pas à oublier ce qu'elle avait vu. Elle n'avait pas rêvé, elle en était sûre : Zec avait des ailes et il s'était envolé avec grâce dans le ciel de velours. Elle frissonna. Comment cela était-il possible ?

Elle se dit que... Non, elle écarta cette idée de sa tête. Et pourtant...

Son regard s'arrêta sur la photo de son père posée sur son bureau. Il était souriant, grand et fort, et portait Léa encore bébé sur ses genoux. C'était avant que la maladie ne l'affaiblisse, et ne le tue.

Elle passa le bout de ses doigts sur le verre du cadre, très doucement. Il lui manquait tellement. Elle avait eu si peu de temps pour le connaître.

Il fallait qu'elle parle à Zec. Il fallait qu'elle lui dise qu'elle l'avait vu. Qu'elle savait. Il fallait qu'elle lui pose la question.

***

Zec écoutait ses parents raconter leur journée de travail pendant le dîner. Encore peu de temps auparavant, quand il les entendait parler de leurs vies, il se sentait très éloigné d'eux. Ils avaient des soucis, des responsabilités, des décisions importantes à prendre. Le monde des adultes lui paraissait compliqué, et il n'était pas pressé d'en faire partie.

Mais depuis que ses ailes avaient poussé, il se sentait beaucoup plus proche des ses parents : lui aussi avait aujourd'hui des responsabilités. Il avait une mission importante à mener à bien. Si importante que des millions de vies reposaient entre ses mains. Il avait l'impression d'être devenu du jour au lendemain le père d'une multitude d'existences qui pesaient lourdement sur ses épaules.

En pensant à tout cela, il poussait distraitement ses haricots verts du bout de la fourchette. Sa mère lui en fit la remarque :

— Zec, ce n'est pas bon ? Tu es encore malade ?

Le jeune homme sursauta.

— Non, non, je pensais juste à quelque chose...

— Quoi ? Tu as des problèmes ? Nous te trouvons changé depuis quelques jours... Tu sais que tu peux tout nous dire...

— Non, non, c'est juste que...

Zec reposa sa fourchette, inspira longuement et, prenant son courage à deux mains, répondit :

— Voilà... Avec des amis, on voudrait prendre quelques jours de vacances.

— Mais vous êtes déjà en vacances, fit remarquer son père.

— Des vacances, des vraies, au bord de la mer, loin de la maison. Ça nous ferait du bien. Je sais que vous ne comptez pas partir et ça ne me dit rien de rester à Paris tout l'été.

— Et qui sont « des amis » ?

— Louis... et une copine.

Sa mère le regarda en biais.

— Celle pour laquelle tu piques l'eau de toilette de ton père ?

— Tu piques mon eau de toilette ?

— Papa, maman ! Non, c'est juste une copine. Voilà. Elle ne vit pas en France et elle aimerait découvrir la côte méditerranéenne. Alors on s'est dit...

Il vit le regard de son père coulisser vers celui de sa mère.

— Où voudriez-vous partir ? demanda-t-il.

— À Marseille, prendre le soleil, s'éclater à la mer.

— Et vous logeriez où ?

— Dans un camping. Il y en a plein de sympas dans le coin.

— Combien de temps ?

— Juste quelques jours, histoire de se changer les idées, de sortir de Paris.

Il y eut un blanc. Ses parents se regardaient, échangeant leurs pensées dans leur langage secret de parents.

— Tu n'es pas un peu jeune pour partir comme ça ?

— Maman ! Je ne suis plus un bébé ! Je te rappelle que quand papa et toi êtes partis faire du stop aux États-Unis, vous n'étiez pas tellement plus âgés que moi !

— Oui, mais à l'époque, les choses étaient différentes...

— Maman !

Les regards entre ses parents reprirent. Finalement, sa mère soupira et dit à son mari :

— Comme tu voudras...

Zec croisa discrètement les doigts sous la table, priant pour que la réponse de son père soit celle qu'il espérait.

— Ézéchiel, je pense en effet que tu es en âge de voler de tes propres ailes.

Le jeune homme faillit éclater de rire. Son père ne croyait pas si bien dire !

— Les vacances entre amis, c'est toujours une expérience formidable. Mais il faudra que tu t'engages à respecter quelques règles.

Zec hocha la tête. Il se sentait bouillir de joie et de soulagement. Tout allait bien ! Il allait pouvoir chercher le Livre-Monde ! Et puis prendre quelques jours de vacances en prime !

Il se leva d'un bond de sa chaise.

— Je vous promets d'être sérieux ! Je dois téléphoner à Louis pour lui annoncer la nouvelle ! Ses parents lui ont déjà donné leur accord alors c'est génial !

Et Zec se précipita vers sa chambre en embrassant ses parents au passage.

— Merci p'pa, merci m'man !

— Chéri ! Tu n'as pas fini ton... dîner... murmura sa mère. Mais Zec avait déjà disparu.

Zec se jeta sur son téléphone, trop heureux de pouvoir annoncer la bonne nouvelle à son ami. Quelqu'un avait tenté de l'appeler pendant le repas et il y avait un message sur sa boîte vocale. C'était Léa. Il consulta sa messagerie, étonné.

« Salut Zec, c'est Léa. J'espère que je ne te dérange pas. Je voulais te voir. En fait, j'ai quelque chose d'important à te dire. Quelque chose que je ne peux pas te dire par téléphone. Tu veux bien me rappeler pour qu'on se donne un rendez-vous ? Ce serait sympa. »

Zec souleva son sourcil gauche. Qu'est-ce que Léa pouvait avoir de si important à lui raconter ? Curieux, il composa son numéro.

Elle décrocha tout de suite.

— Léa, bonsoir, c'est Zec.

— Ah Zec, merci de me rappeler.

— Que se passe-t-il ?

— Oh Zec, il faut que je te parle absolument, mais pas par téléphone. C'est trop grave.

— Grave ? Qu'est-ce qu'il y a de grave ?

— Je préférerais te le dire de vive voix. Est-ce que ça te dérange si on se voit ?

— Heu... Non.

— Demain après-midi, ça te va ?

— Mouais... Tu ne peux vraiment pas me dire ça par téléphone ? Ta ligne est sur écoute ? demanda Zec avec une pointe d'ironie dans la voix.

Léa rit.

— Non, je ne crois pas être si importante, mais je pense qu'il y a des choses qu'on ne dit pas par téléphone. C'est trop privé.

— Ah... Bon d'accord. Demain alors. Où ça ?

— Devant la fontaine principale du parc, à 15 heures.

— Ça marche. J'y serai.

— Oh merci, Zec ! À demain alors.

— Ouais, à demain.

Zec raccrocha et appela Louis aussitôt.

— C'est bon, mec ! Mes parents sont d'accord ! cria-t-il dans son appareil.

— Hourra ! C'est super ! On va s'éclater ! répondit Louis sur le même ton.

— J'y crois pas ! Juste nous trois, ça va être l'aventure !

— Ça, tu peux le dire, avec le Livre à retrouver...

Zec sauta du coq à l'âne.

— Léa m'a appelé ce soir.

— Qu'est-ce qu'elle te voulait ?

— Elle veut me voir. Il paraît qu'elle a un truc important à me dire. On a rendez-vous demain.

— Eh ben ! Elle y va celle-là, elle n'a pas froid aux yeux !

— Tu crois que ?...

— Évidemment ! Elle voit que tu ne réagis pas à ses avances, alors elle passe à l'attaque.

— Je ne suis pas sûr. Elle m'a dit qu'elle avait quelque chose de grave à me raconter.

— C'est ça, oui. Elle va te sauter dessus !

— Non...

— Zec, tu es mon ami. Je te trouve intelligent mais tu es d'une naïveté déconcertante.

— Tu penses que je ne devrais pas y aller ?

— Mais si, vas-y, tu verras bien. De toute façon, tu pourras toujours t'envoler si jamais elle est trop insistante !

Et Louis éclata de rire.

***

Le lendemain matin, comme tous les matins, Zec trouva son père en train de faire des pompes dans le salon. Il avait posé le journal par terre et le lisait en montant et descendant, perché sur ses biceps luisants de sueur. C'était un rituel quotidien : il tenait à ses vingt minutes de sport matinal pour entretenir sa forme. Il avait proposé plusieurs fois à Zec de l'accompagner dans ses exercices, mais le jeune homme, après avoir essayé une ou deux fois, avait abandonné, estimant que ça s'apparentait plus à de la torture qu'à du sport. Il préférait courir ou faire du basket !

Zec passa devant lui sans lui adresser un regard. Cette scène était tellement habituelle qu'il n'y prenait plus garde. Il rejoignit sa mère à table, dans la cuisine, pour le petit-déjeuner.

Continuant sa série de pompes, le père de Zec souleva une main et, à toute allure, tourna la page du journal. Soudain, son regard fut attiré par une photo en noir et blanc imprimée en page 3. Il s'interrompit dans son effort et se mit debout avec souplesse.

— Ah ben ça alors ! s'exclama-t-il en rejoignant tout le monde dans la cuisine.

— Qu'y a-t-il ? lui demanda sa femme qui savourait son thé brûlant. Tu t'es fait mal ?

Zec aussi releva la tête. Il ne se sentait pas encore très réveillé. Il avait eu du mal à s'endormir la veille, tournant dans sa tête la projection des quelques jours qu'il allait passer à Marseille avec Louis et Éden. Est-ce qu'il pourrait se baigner malgré ses ailes ? Est-ce qu'ils arriveraient à trouver le Livre-Monde ? La phrase laissée par Mélior résonnait encore en lui et ses pensées tourbillonnantes l'avaient maintenu éveillé jusque tard dans la nuit... Il tournait au ralenti ce matin, les cheveux ébouriffés, les idées emmêlées, les yeux lourds.

Son père étala le journal sur la table et montra la photo à sa famille :

— Il paraît qu'il y a un ange qui survole le parc, près de la maison !

Il éclata de rire.

— Y'a des malades quand même... Le gars qui a pris la photo veut rester anonyme. Mais ça passe quand même dans le journal.

Zec sentit son cœur se glacer dans sa poitrine et il se pencha sur la photo.

Elle était floue, pixellisée, mais on voyait bien une personne avec de grandes ailes blanches survoler la cime d'un arbre.

Sa mère prit le journal et lut l'article.

— La photo a été prise avec un téléphone portable, il y a deux jours, dans la rue voisine. Dire qu'on ne parle jamais de notre quartier, et là, il faut qu'on se fasse remarquer avec un canular pareil.

— Attends, lis l'article jusqu'au bout ! Selon les experts, la photo n'est pas truquée !

— Bien sûr... À quand les Martiens qui sonnent à l'interphone ? Aujourd'hui, on peut modifier toutes les photos sous Photoshop...

Elle savait de quoi elle parlait : une partie de son travail consistait à retoucher des photos pour les magazines féminins. Zec avait déjà pu comparer une photo originale avec sa copie retouchée et le résultat était bluffant.

Mais là, il n'avait pas du tout envie de rire. Il n'avait plus faim. Visiblement, quelqu'un l'avait aperçu l'autre soir, quand il s'était envolé après avoir déposé Éden au métro. Et ce quelqu'un avait eu la présence d'esprit de prendre une photo et de l'envoyer au journal ! Heureusement, on ne pouvait pas le reconnaître, mais il se disait qu'il avait frôlé la catastrophe. Et si jamais on avait vu son visage ? Il frissonna rétrospectivement de peur...

***

Zec l'aperçut de loin. Elle était déjà là, faisant les cent pas devant la fontaine. Ses cheveux blonds se soulevaient à chacun de ses mouvements. Ses longues jambes se déliaient en foulées souples.

Le jeune homme la vit consulter sa montre qui renvoyait des éclats de lumière, d'un geste sec. Il hésita. Avait-il eu raison d'accepter ? Et si Louis avait deviné juste ? Si elle lui déclarait vouloir sortir avec lui ? Il sourit brièvement. Il fut un temps où il n'aurait demandé que cela mais, à ce moment précis, ça l'inquiétait plus qu'autre chose.

Finalement, il écarta ces idées et s'avança vers elle. Léa le vit tout de suite et son visage, jusqu'ici inquiet, s'éclaira.

— Zec ! Je suis contente de te voir.

— Salut Léa.

Ils se firent la bise. Elle sentait le jasmin. Ils s'éloignèrent dans une allée à l'écart. Les cris des enfants qui jouaient dans la fontaine se firent lointains.

— Zec, comme je te l'ai expliqué, j'ai quelque chose d'important à te dire.

— Je t'écoute...

— Voilà... C'est assez délicat...

Léa hésita. Cela ne lui ressemblait pas : elle qui paraissait si sûre d'elle habituellement. Mais elle se lança.

— J'ai passé la soirée chez ma copine Géraldine, il y a deux soirs de cela. Elle habite près du parc. Quand je suis sortie de chez elle, je vous ai vus, Louis et toi.

Le cœur de Zec fit un bond. Il savait ce qu'elle allait lui dire. Il repensa à la photo dans le journal.

Il resta silencieux, attendant la suite.

Léa prit une grande inspiration.

— Je t'ai vu te mettre torse nu. Et j'ai vu tes ailes, immenses, se déployer dans ton dos. Tu t'es envolé avec tellement de légèreté dans le ciel... J'aurais voulu que tu m'emmènes avec toi.

Zec ne répondit pas tout de suite. Il regarda Léa. Elle attendait visiblement une explication. Enfin, il lui dit :

— Léa, je ne veux pas être méchant, mais je crois que tu as rêvé ce jour-là. Tu as trop d'imagination.

Léa rougit violemment.

— Zec, je sais ce que j'ai vu !

— Non, tu ne sais rien du tout. Comment pourrais-je avoir des ailes ?

Une inspiration lui traversa l'esprit et il s'en servit pour contrer Léa :

— Tu as lu le journal ce matin, c'est ça, hein ? Alors tu as monté cette histoire pour attirer mon attention parce que je ne te rappelais pas ?

Zec était volontairement agressif. Il ne fallait pas que Léa devine son trouble, qu'elle comprenne qu'elle avait raison.

— Le journal ? Quel journal ? demanda-t-elle d'une voix tremblante.

— Arrête de faire la naïve. Si ça se trouve, c'est même toi qui leur as envoyé cette photo truquée. Tu es complètement mytho, ma pauvre !

La jeune fille recula comme si on l'avait frappée. Zec vit qu'elle était au bord des larmes. Il s'en voulut d'être allé aussi loin, mais il ne pouvait pas faire autrement. Il gardait en tête le chantage que lui avait fait subir le libraire et en particulier la manière dont tout cela s'était terminé. Il ne voulait surtout pas que Léa croise la route de Jérôme et son injection de Mémo.

— Zec, je ne sais pas ce que tu racontes. Je n'ai entendu parler d'aucune photo ! C'est juste que...

— Que quoi ? Qu'est-ce que tu me veux ?

— Rien mais... Je sais pourquoi... Je voulais te dire...

Zec se tourna vers elle brusquement. Elle pleurait.

Des larmes silencieuses coulaient de ses beaux yeux. Il lui débita d'un ton sec et haché :

— Je pense, moi, qu'on n'a rien à se dire. Je ne comprends rien à ce que tu me racontes. Ce n'est pas la peine de tenter de me rappeler, si c'est pour me sortir des histoires à dormir debout.

Et sans plus de manière, il la planta là, au milieu de l'allée, avec ses joues mouillées de larmes.

Son cœur battait la chamade. Il se détestait d'être aussi odieux. Elle n'était pas méchante, et surtout, elle était si belle ! Il avait envie de faire demi-tour et de la prendre dans ses bras pour la consoler, lui expliquer qu'il faisait cela pour se protéger, certes, mais aussi pour la protéger elle. Mais il ne le pouvait pas. Il devait continuer...

Alors qu'il rentrait chez lui en ruminant ses sombres pensées, il reçut un appel. C'était Eyver.

— Zec, tu as vu la photo dans le journal ce matin ?

— Oui, je l'ai vue, répondit le jeune homme en soupirant.

— C'est bien toi, n'est-ce pas ?

— Oui.

Il se mordit la lèvre inférieure. Il savait déjà ce que Eyver allait lui dire.

— Zec, il faut que tu sois plus attentif. Je comprends que tes ailes te démangent et que tu aies envie et besoin de les déployer, de voler. Mais ce n'est pas prudent.

— Je sais… Je pensais être seul.

— Ce n'était visiblement pas le cas. Heureusement que la photo est floue et qu'on ne voit pas ton visage. On oubliera vite cette histoire. Mais il ne faut pas que cela se reproduise.

— Je sais… Je ne le ferai plus.

— Très bien. Tu sais, l'Avaleur de Mondes pourrait utiliser ce genre de traces contre nous.

— Il est là ? Sur Terre ?

Zec se demandait si on se moquait de lui : depuis le temps qu'on lui parlait de l'Avaleur de Mondes, il n'avait toujours rien vu. Pour lui, il faisait encore partie de la légende.

— Non. Mais il est déjà venu ici et il peut revenir.

— Il ressemble à quoi ? Comment le reconnaîtrais-je s'il s'en prenait à moi ?

— Je n'en sais rien, Zec. L'Avaleur de Mondes n'est pas un être comme on l'entend… C'est une entité, il peut revêtir plusieurs formes.

— Alors comment avez-vous su que c'était lui ? Comment est-il apparu sur Chébérith ?

Eyver réfléchit un instant. Il fallait qu'il se rappelle…

— On le sent en nous. Comme une déchirure de tout notre être. Et après son passage, c'est comme s'il avait déposé un voile noir sur nos âmes. Un voile qui nous étouffe, nous rapetisse. Nos souvenirs se diluent, notre perception du monde s'affaiblit. Chébérith a commencé à s'effacer en même temps que nos esprits.

— Vous ressentez la même chose en ce moment ?

— Non. Pas en ce moment. Mais pour notre sécurité, nous devons rester discrets. Comme vous dites, les Terriens : « Pour vivre heureux, vivons cachés. »

18.

Allongé sur le sable, les mains derrière la tête, les yeux clos, Zec souriait. Il était attentif à la douce caresse du soleil en cette fin de journée. Il sentait le sel et le sable picoter sa peau. Il entendait le bruit des vagues qui venaient presque lécher ses pieds. Et il écoutait les cris de joie et les rires de Louis et Éden qui jouaient dans l'eau à s'éclabousser, comme des enfants.

Il repensa aux quelques journées qui venaient de s'écouler. Après avoir reçu l'accord de ses parents pour partir plusieurs jours, tout était allé très vite. Éden, toujours efficace, s'était occupée de la logistique. Plus la date du départ approchait, et plus leur impatience grandissait.

Louis, s'imaginant déjà le roi de la plage, avait passé ses journées à faire des abdos et à soulever des haltères pour se pavaner torse nu sous le soleil. Zec, au contraire, avait cherché le meilleur moyen de camoufler ses ailes sous un grand t-shirt. Il était déçu de ne pas pouvoir lézarder au soleil à moitié nu, mais si on lui posait des questions, il pourrait prétexter une allergie et profiter quand même de ses vacances.

Le jour du départ, l'excitation avait atteint son paroxysme. Zec avait hâte de s'éloigner de son quotidien. L'histoire de la photo dans le journal et le rendez-vous avec Léa lui avaient donné un sentiment d'étouffement. Il voulait partir, laisser les esprits se calmer et lui-même se retrouver un peu anonyme, loin de toute cette pression.

Arrivés sur place, ils oublièrent tout : leurs soucis, les Livres-Monde, Chébérith. Pour quelques jours, ils se permirent de redevenir trois adolescents insouciants. Ils n'avaient pas parlé une seule fois de leur quête. Ils avaient juste profité du soleil, de la mer, de leurs soirées entre amis, à rire comme des baleines aux blagues idiotes de Louis.

Pour Zec, c'était la définition du bonheur. Il avait vécu chacun de ces instants avidement. Et il flottait encore dans une bulle de bien-être qu'il n'avait pas ressentie depuis très longtemps. Il ne voulait pas penser que c'était la dernière soirée d'insouciance qu'ils passaient. Le lendemain, très tôt, ils partiraient à la recherche du premier Livre-Monde et les vacances seraient alors terminées.

Il chassa cette pensée de sa tête. Il lui restait quelques heures de tranquillité, il voulait les savourer pleinement.

Soudain, un choc le fit brutalement sortir de sa rêverie. Éden, qui courait pour échapper à Louis, avait perdu l'équilibre et s'était écroulée de tout son long sur Zec. Elle était trempée et son t-shirt glacé se colla à celui du garçon, sec et rigide de sel.

Zec ouvrit les yeux en criant de surprise et de douleur.

Éden s'étalait en travers de sa poitrine. Ses cheveux étaient foncés par l'eau et seules quelques mèches plus blondes striaient ses boucles comme des rayons de miel.

Elle tourna la tête vers Zec, son visage était tout près du sien.

— Je suis désolée, je ne t'ai pas fait mal ?

Zec grimaça et répondit :

— Non, mais je crois que mes ailes sont définitivement incrustées dans le sable.

Éden, déjà hilare à cause de son jeu avec Louis, partit dans un fou rire qui la secoua et la fit rebondir sur Zec. Ce dernier se mit à rire aussi. Il sentait le parfum iodé qui s'était déposé sur la peau de son amie, toute légère sur lui. Ses cheveux chatouillaient son cou et ses yeux, immensément lumineux, le regardaient, emplis de joie. Son souffle caressait sa joue... Il s'arrêta de rire, troublé. Éden fit de même.

Ils se regardèrent longuement sans bouger. Mais Louis fit fuir la magie de l'instant en venant s'ébrouer à côté d'eux.

— Éden, tu as trouvé un nouveau matelas ou quoi ? s'écria-t-il. Tu viens ? On y retourne ?

Lentement, Éden se releva et son regard quitta celui de Zec.

— Non, je crois que j'ai eu ma dose. Je vais me reposer un peu.

Elle souleva sa serviette et la secoua pour en chasser quelques grains de sable.

— Tu fais comme tu veux, moi, je retourne nager. J'ai envie d'atteindre la bouée verte qui flotte là-bas.

— D'accord, on te regarde !

Et Louis, tel un chien fou, se mit à courir dans les vagues, en soulevant haut ses jambes et en faisant jaillir de grandes éclaboussures.

Éden et Zec rirent en le voyant ainsi, puis redevinrent silencieux.

— C'était bien hein ? demanda Zec au bout d'un long moment.

— Oui... Je n'avais pas passé un aussi bon moment depuis des siècles. C'est passé trop vite.

— C'est vrai... Tu te sens prête pour demain ?

— Il faut bien. J'ai un peu peur, pour tout t'avouer. Je me demande si on ne s'est pas trompés, si c'est bien là qu'est caché le Livre.

— Moi aussi. Et si on le trouve... Je n'arrive pas encore à imaginer toutes les conséquences...

Pour toute réponse, Éden posa sa tête sur l'épaule de Zec en frissonnant.

***

Le soleil était encore bas sur l'horizon quand ils se levèrent le lendemain matin. Ils attendaient le premier bus de la journée à l'arrêt qui se trouvait devant le camping. Louis, les yeux encore collés de sommeil, somnolait sur le banc.

Zec regardait la route fixement, guettant le bus qui les mènerait vers leur ultime étape. Enfin, il apparut dans le virage.

Ils s'assirent tout au fond.

— Pourquoi on doit se lever aussi tôt ? demanda Louis d'une voix pâteuse. C'est pas des vacances ça !

— Je te l'ai déjà expliqué, répondit Éden, légèrement agacée. En été, les chemins de randonnée sont fermés dans la journée, pour éviter tout risque d'incendie. On n'a le droit de les emprunter que très tôt le matin. Alors si on veut arriver à En-Vau, il faut partir tôt.

— C'est nul. On devrait attendre l'hiver pour y aller quand on veut.

— Louis, t'es saoulant ! Si tu ne voulais pas venir, tu pouvais rester dans ton sac de couchage !

— T'énerve pas ! Je suis là non ? Je me tais, je me tais...

Ils ne dirent plus un mot jusqu'à leur arrivée devant la calanque de Port-Miou. C'est là que démarrait le chemin de randonnée qui devait les mener à En-Vau. Ils ajustèrent leurs sacs à dos, leurs chaussures de marche, avalèrent une gorgée d'eau puis se mirent en route. Il n'y avait personne. Au début, c'était facile, ils avançaient sur un large chemin qui longeait la calanque avant de s'enfoncer un peu dans le massif. Arrivés à Port-Pin, les choses se compliquèrent. Le chemin devint plus étroit, tortueux, et grimpa entre des buissons et des arbres. Enfin, la pente faiblit, puis ils arrivèrent au sommet. Ils traversèrent le petit plateau. Leur objectif se trouvait juste là, en bas, à leurs pieds. Le soleil qui montait dans le ciel promettait d'être écrasant.

Le Belvédère, une avancée rocheuse qui donne sur la calanque d'En-Vau. Ils s'étaient arrêtés sur ce promontoire et regardaient en silence le paysage qui dégringolait de l'autre côté du plateau. La calanque était tout en bas et son eau verte se parait de transparences cristallines sous les premiers rayons du soleil. La roche du plateau de Castelviel, en face d'eux, était frappée de plein fouet par la lumière du jour nouveau et éclatait de blancheur. La végétation, improbable, s'accrochait sur ces parois de calcaire, lui ôtant tout caractère aride. C'était tel que l'avait décrit Mélior : un mélange de bleu, avec le ciel qui servait de toile de fond au paysage, de vert et de blanc.

En se tournant un peu sur la droite, on perdait de vue l'embouchure de la calanque, mais on pouvait admirer la brèche de Castelvieil, là où la pierre, semblable à des tuyaux d'orgue, remontait vers le ciel en dents de scie accidentées et inégales. C'était là que se trouvait le Trou du Canon. C'était une ouverture presque carrée qui perforait la roche et s'ouvrait vers la mer, juste derrière. Ce trou était certainement dû à une cause naturelle, mais on aurait dit qu'un géant l'avait creusé, pour garder un œil sur la Méditerranée qui scintillait de l'autre côté.

— C'est là.

Zec ne trouvait rien d'autre à dire. Il se sentait étreint d'une forte émotion. Éden lui prit la main et Louis posa la sienne sur son épaule. Unis tous les trois par ces simples gestes, ils puisaient un peu de réconfort.

— On fait quoi ? demanda Éden dans un souffle.

— On y va. Je pense que le doigt dont parle Mélior est un de ces tuyaux d'orgue en pierre. Mais je ne sais pas lequel, réfléchit Zec à voix haute.

Louis serra l'épaule de son ami affectueusement :

— Je suis sûr que vous allez trouver une fois là-bas.

— On y va comment ? demanda à nouveau Éden.

Zec la regarda, surpris.

— En volant ! Comment veux-tu faire autrement ? On ne peut accéder au Trou du Canon qu'en rappel sinon, et nous ne sommes pas équipés.

— C'est que...

Éden rougit et baissa la tête.

— Quoi ?

— Je n'ai encore jamais volé ! Je sais que tu l'as déjà fait, et même à plusieurs reprises, mais je n'ai pas osé essayer ! J'avoue que j'ai peur.

— Peur ? Toi, Éden l'intrépide ?

Zec serra la main de son amie un peu plus fort.

— Ne t'en fais pas, si j'y suis arrivé, tu peux le faire aussi. Je vais t'aider, te guider. Tu n'as pas à avoir peur.

— Et si je tombais ? Si ça me faisait mal ? Si mes ailes ne fonctionnaient pas bien ?

— Éden, je t'assure que tu ne risques rien. Là, tu réfléchis en Terrienne. En tant que Chébérienne, tu es programmée pour cela. Quand je me suis lancé pour la première fois, c'est venu naturellement, comme si j'avais volé toute ma vie. Je ne vois pas pourquoi ça serait différent pour toi ! Fais-moi confiance !

Zec regarda autour de lui. Il était encore tôt et, pour le moment, aucun randonneur n'était visible dans les environs. S'il y en avait plus bas, dans la calanque, qui avaient la mauvaise idée de lever les yeux sur eux, eh bien ils penseraient voir de drôles d'oiseaux ! De toute façon, ce n'était plus le moment d'hésiter. Il fallait y aller. Le premier Livre-Monde était peut-être là, à portée de leurs ailes !

Le jeune Chébérien ôta alors son t-shirt et étira ses longues ailes blanches. Elles étaient magnifiques dans la lumière du petit matin, leur duvet fin se soulevant dans la brise. Le jeune garçon était superbe ainsi. Éden le contempla et son cœur se serra. Elle trouvait Zec plus beau que jamais. Elle avait envie de se blottir dans ses bras.

Vérifiant elle aussi que personne ne les voyait, elle enleva à son tour sa blouse, laissant apparaître une brassière noire qui cachait sa poitrine. Elle ouvrit ses ailes. Les siennes étaient couvertes d'un duvet doré qui scintilla. Elle aussi était belle ainsi, étonnante, encore timide. Elle rougit un peu, gênée par cette nouveauté. Elle avait l'impression d'être nue devant Louis et Zec. Mais ce dernier lui fit un sourire rassurant.

— Tu te sens prête ?

— Je ne sais pas...

— Allez, donne-moi la main, n'aie pas peur.

Éden glissa sa main dans celle, immense, de Zec. Le garçon fit trois pas pour se rapprocher du bord. Les bouts de ses pieds pointaient dans le vide.

— C'est haut ! souffla Éden.

— Tu as le vertige ?

— Un peu, et je n'ai jamais eu à me jeter du haut d'une falaise avant aujourd'hui !

— Tu vas voir, c'est marrant !

Et Zec, sans prévenir, s'élança dans le ciel. Éden, entraînée malgré elle, poussa un cri.

Elle se sentit tomber sur quelques mètres, et manqua de lâcher la main de son ami. Et puis, tout comme

Zec l'avait déjà expérimenté avant elle, son instinct prit le dessus et ses ailes se mirent à battre, poussées par le réflexe de survie. En quelques instants, elle remonta et se retrouva en train de voler près de son ami.

— Ohhhh ! s'écria-t-elle en admirant le paysage sous ses pieds. La calanque s'offrait sur toute sa longueur. L'eau de la mer qui entrait dans cette ouverture était bleue, puis elle devenait verte en s'avançant vers la plage blanche.

— Alors ! Tu vois ? C'est génial non ?

Éden se mit à rire aux éclats.

— C'est fantastique ! C'est... inimaginable !

Elle lâcha la main de Zec et prit de l'altitude, se laissa retomber et se mit à voler autour du jeune homme.

Louis, perché au bord du Belvédère, les observait. Il les enviait de pouvoir vivre une telle expérience. Éden se retourna vers lui et lui fit un grand signe de la main.

Il lui rendit son signe en souriant. Il aurait bien aimé être un Chébérien lui aussi, à ce moment-là.

Éden se concentra à nouveau sur son vol et elle se mit à pourchasser Zec, qui tournoyait dans le ciel, grisé de liberté. Au début, il avait volé de nuit et le plus discrètement possible. Ensuite, il n'avait plus osé le faire en raison de l'histoire de la photo et de Léa. Là, il se sentait en communion avec le ciel bleu, avec le vent léger qui portait un parfum de sel, avec les couleurs qui éclataient autour de lui. Quand il vit qu'Éden tentait de le suivre, il s'amusa à accélérer, à monter, à redescendre, en criant :

— Tu n'arriveras pas à m'attraper !

Éden le suivait en arabesques dans le ciel, en riant à gorge déployée, essoufflée par cet effort nouveau. Zec finit par ralentir et se laissa rattraper. Les deux jeunes Chébériens volèrent côte à côte, tournant l'un autour de l'autre en vrilles, en loopings, traversant le ciel comme deux anges légers ivres de bonheur. Finalement, ils se calmèrent, fatigués. Éden avait les joues rouges et les yeux brillants. Ses cheveux dorés étaient ébouriffés et son sourire était tellement heureux qu'elle semblait traversée de lumière.

— Oh Zec, c'est merveilleux ! Tu avais raison ! J'ai la tête qui tourne !

— Moi aussi ! Que j'aimerais pouvoir voler comme ça, en toute liberté, tous les jours !

— On pourra le faire si Chébérith renaît, dit gravement Éden.

— Tu as raison, il est temps d'aller chercher le Livre-Monde.

Éden vola vers lui et c'est en se tenant par la main qu'ils se dirigèrent vers le Trou du Canon. Le soleil se déversait dans la calanque et les premiers baigneurs n'allaient pas tarder à arriver pour profiter des lieux. Il n'y avait plus de temps à perdre.

Assis seul sur la pierre, Louis les observait virevolter. À cet instant précis, il se sentit très loin d'eux. Ce bonheur qu'ils vivaient, jamais il le partagerait avec eux. Jusqu'ici, il n'y avait pas trop pensé, ils formaient le parfait trio de héros, mais aujourd'hui, Louis comprenait qu'une partie de cette histoire ne le concernait pas, ou seulement à travers ses amis, directement impliqués. Plissant les yeux pour les protéger de la lumière qui tapait sur la pierre blanche, il les regarda avec un sentiment de douce tristesse. Ils étaient beaux tous les deux, comme deux anges improbables glissant sur l'air. Comme pour masquer ses pensées, il posa ses lunettes de soleil sur son nez.

En se rapprochant, Zec et Éden distinguèrent mieux le fameux Trou du Canon. C'était une ouverture carrée, comme une fenêtre, qui transperçait la paroi rocheuse. Ils se rendirent compte qu'elle était aussi haute qu'un homme et qu'on pouvait aisément se tenir debout à l'intérieur. Les deux jeunes gens se posèrent sur le rebord de la roche. À l'ombre de cette étrange ouverture qui semblait surnaturelle, il faisait plus frais et il émanait un parfum minéral.

— Bon, nous voilà dans le Trou du Canon, déclara Éden. Il faut trouver le doigt maintenant.

Ils avancèrent dans l'échancrure et observèrent les alentours. De l'autre côté de la paroi, ils retrouvaient la mer bleu foncé, encore à l'ombre de la roche. Il y avait plusieurs tuyaux d'orgue qui remontaient vers le ciel. Ils pouvaient tous être comparés à des doigts plus ou moins déformés.

— C'est lequel, d'après toi ? demanda Zec en scrutant le moindre détail dans la pierre qui pouvait leur indiquer la cachette du Livre-Monde.

— Je n'en sais rien. Ils se ressemblent tous un peu, je trouve.

Ils continuèrent leur observation un moment, mais rien ne semblait indiquer avec plus de précision où leur « trésor » pouvait se dissimuler.

Finalement, Éden redéploya ses ailes.

— À mon avis, il faut chercher autrement.

— Pourquoi ?

— Parce que si Mélior a caché le Livre de manière que personne d'autre ne le trouve, il faut qu'il ne soit accessible qu'à des gens qui ont des ailes.

— Pas bête !

Suivant ce raisonnement, Éden et Zec s'élancèrent à nouveau dans le ciel, mais cette fois-ci de l'autre côté de la brèche, côté mer. Ils commencèrent à tourner autour des pointes rocheuses qui montaient vers le ciel, observant le moindre signe dans le calcaire.

— Là ! s'écria Éden. Regarde celui-là, on dirait vraiment un doigt !

La jeune fille avait raison. Un des tuyaux d'orgue ressemblait à un index pointé vers le haut. Un bourrelet dans son milieu faisait penser à l'articulation et l'érosion du sommet avait donné la forme d'un ongle à la pierre. C'était indéniablement un doigt, mais on ne pouvait le voir sous cet angle qu'en le survolant légèrement.

— Mélior a dit que le doigt montrait la direction du Livre-Monde, dit Zec en tournant autour du rocher. Mais il ne montre que le ciel.

— À mon avis, ça dépend de l'endroit où tu te places.

Pour illustrer ses propos, Éden se posa à la base du doigt. Zec fit de même mais de l'autre côté. Puis il suivit du regard la direction qu'indiquait la pointe du rocher. Son cœur fit un bond dans sa poitrine. Ça ne pouvait être que ça ! Il voyait, derrière un buisson épais, une zone d'ombre dans la roche, en haut de la brèche. Éden avait raison, ce détail n'était visible que du point où il se trouvait !

— Éden, souffla-t-il, regarde !

Éden suivit du regard le point que lui indiquait Zec.

— Oh ! s'écria-t-elle.

Aussitôt, ils s'élancèrent vers l'arbuste touffu et épais agrippé à la paroi verticale. Zec se mit à fouiller dans les branches. Il ne s'était pas trompé ! L'ombre qu'il avait vue était en réalité une petite anfractuosité dans la roche. Mélior avait trouvé une cachette vraiment idéale. Elle n'était accessible que si on avait des ailes. Même en rappel, personne ne se risquerait à passer sur ce tas de branches hérissées d'épines.

Éden et Zec voletèrent un moment devant la paroi. Ils n'osaient pas s'approcher davantage. Peut-être que là, devant eux, se trouvait le but qu'ils cherchaient à atteindre, un monde entier caché depuis des années dans un morceau de pierre.

Finalement, Zec s'éclaircit la voix et déclara :

— Ça ne va pas être facile !

Il écarta une grande branche tordue. Les épines s'enfoncèrent dans ses mains. L'ouverture était là, en forme d'amande.

Éden s'avança.

— J'y vais, je suis plus petite !

— Attends, je vais t'aider.

Il souleva une deuxième branche qu'il écarta du mur en prenant appui sur ses pieds, sans s'occuper de la douleur occasionnée par les ronces. Éden s'accrocha à une racine et, repliant ses ailes, elle s'engouffra, tête la première, dans le passage ouvert par Zec.

— Aïe ! cria-t-elle avec un mouvement de recul.

— Qu'est-ce qu'il y a ?

— Rien, je me suis juste égratignée dans les branches. Attends, j'y suis presque !

Éden s'enfonça un peu plus dans la cavité. Son ventre frottait contre la pierre, les pointes de l'arbuste s'enfonçaient dans ses bras. C'était très inconfortable et douloureux. Il faisait noir à l'intérieur et ça sentait le froid humide. Éden réussit tout juste à passer un bras plus loin et explora, à tâtons, la petite grotte.

Enfin, sa main se posa sur quelque chose qui ne ressemblait pas du tout à de la pierre. C'était lisse et chaud. Elle le tâta du bout des doigts.

— Zec, j'ai trouvé quelque chose, hurla-t-elle, surexcitée. Ça ressemble à un coffret de bois !

— Vas-y, sors-le !

— Je n'y arrive pas, c'est trop lourd !

— Je ne peux pas t'aider, si je lâche la branche, je t'éjecte !

— Attends...

Éden, au prix d'un énorme effort, s'avança encore un peu plus dans la petite caverne. Le buisson épineux l'égratignait sur toute la surface de sa peau, même ses ailes n'y échappaient pas. Mais elle ne sentait rien, excitée par sa découverte. En enfonçant un peu plus son bras, elle trouva une meilleure prise et put saisir le coffret qu'elle tira péniblement vers elle.

— Han, c'est très lourd !

— Dépêche-toi, je ne vais pas pouvoir tenir la branche encore très longtemps !

— Je fais ce que je peux !

Centimètre après centimètre, Éden parvint à faire surgir de la petite ouverture l'angle d'un coffret en bois sombre recouvert de sable, de poussière et de cailloux.

— Le voilà !

Cette fois, elle réussit à le saisir à deux mains et le tirer d'un coup.

— Je l'ai !

Tenant le coffret serré contre elle, elle recula et Zec lâcha la branche. Ses paumes étaient ensanglantées. Il faisait de plus en plus chaud et leurs efforts les avaient fait transpirer.

Éden se posa un peu plus bas. Le coffret était très lourd. Il mesurait environ quarante centimètres de long sur trente de large. Zec l'admira en silence. À l'intérieur, si tout allait bien, devait se trouver le premier Livre-Monde. Il passa sa main sur le bois pour le débarrasser de la poussière.

— On l'ouvre ? demanda-t-il d'une petite voix.

— Non, il vaut mieux attendre d'être en sécurité. Il est en équilibre instable, et je ne voudrais pas risquer de le faire tomber.

— Tu as raison. Rapportons-le en lieu sûr.

Éden passa une main sur son visage couvert de sueur et de poussière. Ses égratignures saignaient sur ses bras, sur une joue et dans son dos. Son ventre était râpé par la pierre, mais peu lui importait. Elle avait récupéré le coffret. C'était le plus important. Son cœur battait la chamade, elle avait la sensation de vivre un moment clef de sa vie.

Zec prit le coffret dans ses bras et s'élança dans les airs, suivi d'Éden. Cette fois, ils ne batifolèrent pas et ne prononcèrent aucun mot. Ils repassèrent par-dessus la brèche et traversèrent la calanque à tire-d'aile. Louis était toujours assis sur le bord du belvédère et attendait, scrutant le ciel d'un air inquiet.

Enfin, il les aperçut et se leva en leur faisant un grand signe. Il était soulagé. Il avait croisé deux randonneurs qui étaient remontés de la calanque d'En-Vau et qui redescendaient de l'autre côté, vers Port-Pin.

Zec et Éden se posèrent rapidement près de lui.

— Alors ? s'écria-t-il en se précipitant vers eux. Ouh là ! Vous êtes bien amochés !

— Peut-être, mais on a trouvé quelque chose !

Zec lui tendit le coffret. Louis le saisit et le posa à terre. Les deux Chébériens se dépêchèrent d'enfiler leurs t-shirts, qui collèrent instantanément à leur peau.

— Oh la vache ! Ça pèse trois tonnes ce truc ! Vous pensez que c'est le Livre ?

— On va vite le savoir ! Il faut ouvrir le coffre !

— On ne va pas le faire ici, décréta Éden d'un air outré.

— Pourquoi ? Je veux savoir ce qu'il y a dedans !

Zec cherchait déjà le moyen de soulever le couvercle du coffre.

— Parce qu'on est au milieu de nulle part, qu'on n'est pas en sécurité et qu'il y a du passage, ajouta-t-elle en baissant la voix, alors qu'un groupe de marcheurs apparaissait au détour du chemin.

— De quoi as-tu peur ? Tu crois que le type, là, qui est tout rouge à cause de l'effort qu'il vient de faire pour monter jusqu'ici, c'est l'Avaleur de Mondes ?

Louis avait un sourire narquois. Éden ouvrit de grands yeux.

— Tu ne devrais pas plaisanter avec ça. Eyver m'a dit que l'Avaleur de Mondes était déjà venu sur Terre, et qu'il pouvait revenir.

— Oui, mais il a dit qu'on le sentirait ! Tu sens quelque chose toi ?

Zec les interrompit.

— Je pense qu'Éden a raison. C'est vrai que je suis impatient, mais on ne peut pas faire ça ici, comme ça. Rentrons au camping et là-bas, à l'abri dans la tente, on ouvrira le coffre.

— Ok, soupira Louis en remettant son sac sur son dos. Qui le porte sur le chemin du retour ?

Ils repartirent en sens inverse, qui, heureusement, était en descente. C'est Zec qui portait le coffret contre lui. Il sentait son cœur battre contre le bois sombre. Ses pensées dérivaient vers le contenu de cette boîte. S'ils ne s'étaient pas trompés, le premier Livre-Monde s'y trouvait, avec une partie de Chébérith enfermée entre ses pages. Il tenait presque un monde entier contre lui et cette pensée le faisait frissonner sous le soleil. Même si ses bras commençaient à fatiguer sous le poids de la charge, il continuait à le serrer fort, à faire attention à ses pas. Sa responsabilité était énorme, et c'était certainement cela qui rendait le coffre encore plus lourd. De temps à autre, Éden se retournait et l'observait. Son regard demandait « ça va ? » et Zec la rassurait d'un sourire, malgré le filet de sueur qui roulait sur sa tempe, malgré la chaleur écrasante qui descendait du ciel d'un bleu parfait.

Le retour leur parut plus long que l'aller. La température avait beaucoup augmenté, la poussière soulevée par les chaussures asséchait les gorges, malgré les nombreuses pauses rafraîchissement. Louis prit la relève et porta le coffre un long moment lui aussi. Il leur resta le bus à prendre jusqu'au camping et, enfin, ils se retrouvèrent tous les trois à l'abri des regards dans leur tente igloo.

Ils cachèrent le coffre sous un sac de couchage et allèrent se doucher. Même s'ils étaient pressés, ils ne voulaient pas toucher le Livre-Monde couverts de poussière et dégoulinants de sueur.

Enfin, le moment tant attendu arriva.

Assis en tailleur sous la tente, ils posèrent le coffre de bois au milieu du cercle qu'ils formaient. Il faisait chaud et sombre sous la tente. Tous les bruits extérieurs leur parvenaient étouffés. À ce moment précis, ils se sentaient comme seuls au monde, en possédant le trésor le plus précieux. Ils le regardèrent un moment, sans oser le toucher. Leur impatience était retombée et, à présent, ils ressentaient de la curiosité, certes, mais également de l'anxiété. Une étrange émotion les étreignait, ils osaient à peine respirer.

— On l'ouvre ? demanda finalement Éden dans un souffle, en passant sa main avec beaucoup de douceur sur le couvercle de la boîte.

Les deux garçons hochèrent la tête ensemble.

Précautionneusement, Zec passa ses doigts le long de la bordure supérieure du coffre, cherchant une serrure, une ouverture, qui permettrait de soulever la planche qui scellait le bois.

Il fit le tour plusieurs fois, sans rien trouver.

— Il n'y a rien, murmura-t-il.

— Tu es sûr ? demanda Louis.

Zec repassa ses doigts sur la boîte. Il la souleva et la retourna avec une infinie douceur. Il sentait son cœur cogner et tout son esprit était tendu vers ce bout de monde qu'il tenait entre ses mains.

Attentive, Éden aperçut une fine entaille dans le bois. Elle était imperceptible, mais un reflet de lumière la fit ressortir sur les nervures à ce moment précis.

La jeune fille glissa son ongle dans l'encoche. Il y eut un « clac » sec qui les fit sursauter et un côté de la boîte s'ouvrit.

Zec reposa le coffre. Il regarda Louis, puis Éden et, en prenant une profonde inspiration, glissa une main dans l'ouverture. Ses doigts rencontrèrent un obstacle froid et métallique. Il agrippa l'objet et, doucement, le retira de sa gangue de bois.

Ses amis retenaient leur souffle alors que Zec sortait le contenu du coffre avec solennité.

Il dégagea complètement le Livre-Monde de sa protection et le posa sur la boîte. L'objet était semblable en tout point au dessin de Mélior, qui l'avait représenté avec précision dans son carnet de notes.

C'était un grand rectangle, qui faisait à peu près les dimensions du coffre, soit quarante centimètres de longueur sur trente de largeur, et épais d'une vingtaine de centimètres. Il était fait dans une espèce de métal doré, mais mat, qui ne brillait pas. De nombreux dessins compliqués ornaient sa couverture. Au milieu se trouvait un triangle gravé dans la matière, surmonté d'un petit cercle. Tout autour s'enroulaient des arabesques et des spirales compliquées, tantôt en relief, tantôt en profondeur. L'ensemble était parsemé de trous de poinçons, ou de picots pointus qui faisaient ressembler le tout à la carte d'une ville très complexe en 3D.

Les deux couvertures étaient scellées par une serrure qui les reliait dans la tranche du Livre, empêchant son ouverture. Zec manipula quelques instants le cadenas sans succès.

— Il doit y avoir un truc spécial pour l'ouvrir, fit-il remarquer.

— Oui, mais c'est mieux comme ça. Je préfère le faire avec Eyver, souffla Éden en passant un doigt le long d'une boucle gravée sur le métal. Cette dernière s'élançait hors de la couverture pour replonger ensuite dans la matière.

— Je suis d'accord avec toi. J'aurais trop peur de voir Chébérith renaître sous la tente et nous aplatir !

Éden sourit.

— Louis, il faut les trois Livres-Monde pour recréer Chébérith !

— Ouais mais quand même...

Ils admirèrent longuement l'ouvrage, commentant

les formes dessinées, cherchant une signification à leur présence. Puis, doucement, ils replacèrent le livre dans son coffret. Dans quelques heures, ils reprenaient le train pour Paris, ils auraient toutes les réponses là-bas.

19.

Une lumière douce émanait de l'intérieur du Livre-Monde posé sur la table et les reliefs de sa couverture prenaient vie, ondulant dans cette clarté irréelle.

Dans le salon d'Eyver, le silence flottait comme des grains de poussière dans le soleil. Le vieux Chébérien n'arrivait pas à détourner son regard du Livre-Monde, étreint par une émotion intense. La dernière fois qu'il l'avait eu devant lui, c'était sur Chébérith, si longtemps auparavant, dans une autre vie. Des souvenirs lui revinrent en mémoire. Et cette fois, il n'avait pas besoin de Mémo pour que les images défilent, aussi vives que si la scène s'était déroulée la veille.

Autre monde, autre temps, autre existence...

Chébérith était en train de basculer dans le Néant. Des parties entières de la planète avaient disparu, comme effacées, comme si une gomme géante était passée sur une mer, ou une montagne, ou encore une ville, laissant derrière elle du vide, du néant. Dans cette vacuité terrifiante, une grande partie de la population de la planète avait déjà sombré. La fin était proche.

Eyver devait partir. Il avait fait ses adieux à sa femme et à ses enfants. Il les avait serrés contre lui longuement, il avait respiré leurs parfums, il s'était empli de leurs voix et de leurs regards une dernière fois, puis il les avait quittés sans se retourner. S'il avait jeté un seul regard en arrière, il ne serait pas parti, il serait resté près d'eux, les aurait pris dans ses bras, contre son cœur, et aurait attendu que l'Avaleur de Mondes les retrouve. Déjà, ils sentaient tous que l'oubli faisait son œuvre. Comme si une graine plantée dans leur esprit s'était mise à croître monstrueusement en prenant toute la place, ne laissant plus d'espace aux souvenirs, à la connaissance, à la conscience. Certains matins, il leur fallait faire un effort pour se souvenir de leur nom, pour reconnaître leur visage dans le miroir. C'était le début du Néant, c'était de cette manière que Chébérith s'émiettait dans le vide, un peu plus chaque jour. Leur seul espoir était contenu dans les Livres... et il en avait retrouvé un.

Eyver se secoua et revint au présent. Le Livre-Monde irradiait sa douce lumière, identique au jour où il l'avait vu dans les bagages de Mélior, il y avait si longtemps déjà.

Il avança doucement sa main et caressa la couverture du Livre. Elle était chaude, rugueuse par endroits et douce à d'autres. Il suivit du doigt le triangle gravé dans le métal ainsi que le cercle qui surmontait sa pointe supérieure.

Éden feuilletait le carnet de notes de Mélior à côté de lui, cherchant une page qu'elle avait repérée au cours de sa lecture. Enfin, elle la trouva : c'était un croquis du Livre-Monde. Il était reconnaissable grâce au triangle. En dessous, une légende était rédigée en chébérien. Elle tendit le cahier à Eyver, le sortant de sa contemplation.

Le Passeur cligna des yeux. Perdu dans ses souvenirs, il avait oublié la présence silencieuse de Zec, Éden et Louis dans la pièce. Pendant quelques instants, il n'avait plus été là, il volait dans le ciel mauve de Chébérith... Il fit un petit sourire à Éden et prit le carnet en ajustant ses lunettes sur son nez. Son corps le faisait souffrir, il sentait ses muscles tirer, comme s'il avait de perpétuelles courbatures, ses os craquaient, ses articulations se coinçaient... Il se sentit vieux à ce moment-là. Il était bien loin, le temps où il était un Chébérien fort, solide sur ses jambes...

Il déchiffra les phrases laissées par Mélior dans son carnet. Éden, Louis et Zec le regardaient sans oser rien dire. Ils devinaient que ce moment était important pour Eyver et ils ne voulaient pas le troubler. Mais ils sentaient leur cœur battre, eux aussi.

— Mes enfants...

La voix du vieil homme se brisa. Il respira bruyamment, toujours sous le coup d'une indicible émotion.

— Il s'agit bien du Livre des Âmes.

— Le Livre des Âmes ? C'est-à-dire ? demanda Zec, en regardant de plus près le triangle surmonté du point.

— Toutes les « âmes » des Chébériens sont contenues dans ce Livre-Monde. Tous leurs esprits, leurs souvenirs, leurs connaissances, leurs ADN, leurs passés, leurs espoirs, leurs vies sont ici, posés sur cette table.

Zec ôta sa main du livre comme s'il était devenu brûlant.

— Tous les habitants de Chébérith ?

— Presque tous. Tous ceux qui ont eu le temps de s'enregistrer dans les nanopuces.

— On peut les faire renaître maintenant ?

Éden frissonna en imaginant cela. Il y avait certainement ses vrais parents parmi ces puces !

— On le pourra, Éden, on le pourra. Quand vous aurez retrouvé les deux autres Livres-Monde. Quand ils seront réunis, alors Chébérith pourra exister à nouveau. Et tous les Chébériens reviendront. Et moi aussi. Je reviendrai plus jeune, tel que je l'étais quand je me suis enregistré. Mais je ne me souviendrai pas de tout ce qui m'est arrivé sur Terre. Je suis à la fois ici, et dans ce Livre...

Le silence s'installa à nouveau dans la pièce. Il était

difficile d'imaginer une chose pareille. Qu'Eyver se trouve à deux endroits en même temps, sous deux formes différentes.

— On peut l'ouvrir quand même ? chuchota Zec.

Il était curieux de découvrir à quoi pouvaient ressembler les pages du Livre, les puces qu'il contenait...

— Oui, bien sûr. Mélior explique dans ses notes que la serrure est génétique, codée sur ton ADN et celui d'Éden. Il suffit d'une goutte de sang de l'un de vous pour la déverrouiller.

— Une goutte de sang ?

Eyver hocha la tête.

— Avec une aiguille, tu peux faire perler une petite goutte de ton doigt, cela suffira.

Il agita la clochette qui était posée sur la table.

Jérôme apparut aussitôt, comme s'il n'attendait que ce signal pour intervenir.

— Jérôme, pouvez-vous m'apporter la trousse de couture s'il vous plaît, ainsi qu'un coton imbibé d'alcool à quatre-vingt-dix degrés ?

Jérôme hocha la tête et disparut tout aussi silencieusement.

Il ne fallut pas plus de deux minutes avant qu'il revienne avec tout le nécessaire, qu'il posa sur la table, près du Livre.

— Merci Jérôme, c'est parfait...

Zec et Éden se regardèrent.

— Vas-y, fais-le... souffla Éden.

— Et toi ?

— À toi l'honneur...

Zec n'insista pas. Il se sentait bizarre. Tremblant, fébrile, impatient. Et pourtant, avec des gestes posés et calmes, il prit une épingle, la désinfecta à l'aide du coton imbibé d'alcool et enfonça la pointe dans son index. Une goutte rouge foncé perla sur la peau. Zec posa son doigt sur la serrure qui émit aussitôt un bruit sec et le verrou sauta dans un claquement. Le Livre était ouvert...

Zec se recula d'un mouvement brusque, comme s'il avait eu peur que le Livre-Monde lui explose à la figure, mais il ne se passa rien. Il resta inerte sur la table.

— Vas-y, ouvre-le, encouragea Eyver en voyant Éden hésiter, la main suspendue vers le Livre.

— Je peux ?

— Bien sûr.

— On ne risque rien ?

— Je ne pense pas.

Doucement, le cœur battant, les joues rouges d'émotion, elle souleva la couverture du Livre-Monde, du Livre des Âmes.

Dedans, il n'y avait pas de pages en papier, mais des plaques métalliques incrustées de millions de minuscules billes rondes, grises et brillantes, qui palpitaient dans la lumière. Elles étaient disposées en lignes régulières, sur le recto et le verso des centaines de pages que comprenait le Livre.

— Ce sont les nanopuces, murmura Eyver, les larmes aux yeux. Je suis quelque part, parmi elles. Et il y a ma femme aussi, et mes enfants. Avec tendresse, il effleura de la paume de sa main les puces qui semblèrent se gonfler légèrement sous cette caresse. Puis elles reprirent leur taille initiale...

***

C'est alors que la ***distorsion*** *se produisit.*
C'était contre l'ordre des choses,
la balance de l'univers.

La ***Création****, issue du souffle du Big Bang.*
Celle qui forme les étoiles à partir des nuages
de poussière et de gaz des nébuleuses.
Celle qui crée les planètes par accrétion,
partout autour des étoiles.
Celle qui apporte la vie, essaimée sur quelques mondes,
où elle se développe, et où parfois, l'étincelle
d'intelligence et de conscience peut apparaître.

La ***Destruction*** *est son contrepoids naturel.*
C'est elle qui fait exploser les étoiles en éclats rouges,
qui pulvérise les planètes dans le même feu.

Celle qui aspire les galaxies dans ces trous noirs insatiables.

C'est l'équilibre de l'univers.
C'est ainsi depuis la nuit des temps.

Voilà que des êtres bousculent cet ordre,
tentent de faire revenir à la vie ce qui a disparu.
L'équilibre est rompu, la **distorsion** *éclate et traverse les distances plus rapidement que la lumière.*

***

Il dort depuis longtemps.

Il a bien travaillé.

Il a fait exploser des étoiles, et il aime ce spectacle parce que les nuages de gaz et de poussière qui en naissent sont ses œuvres d'art, comme des feux d'artifice qui éclairent le vide.

Il peut contempler ce spectacle pendant des temps infinis, dans le silence complet.

Il a ouvert la bouche de nombreux trous noirs dans lesquels la matière s'est engouffrée, attirée irrémédiablement.

Il a détruit des planètes. Au début, quand il était jeune, il accomplissait sa tâche toujours de la même façon et puis, en vieillissant, il a changé de méthode pour chaque monde qu'il a croisé et qu'il a dû annihiler. C'est moins monotone. Car détruire l'univers peut s'avérer fastidieux, parfois.

Il se souvient de mondes qu'il a pulvérisés en quelques secondes, d'autres plus lentement, en les effaçant doucement, en jouant avec les intelligences qu'il a rencontrées.

Il ne le fait pas par méchanceté, il n'en tire aucun plaisir sadique.

Il le fait parce que cela doit être fait. C'est sa mission, il a été créé pour cela.

Et aujourd'hui, il dort. L'univers est stable.

Il peut s'offrir ce repos bien mérité, blotti dans un coin du vide où il fait sombre.

La distorsion le frappe en plein sommeil.

Il se réveille en sursaut. C'est bien la première fois que ça lui arrive.

Il ne comprend pas tout de suite quelle est cette sensation.

Il a mal. Il n'a jamais eu mal auparavant.

Il comprend que quelque chose ne va pas. Quelque chose de nouveau, qui ne s'est jamais produit depuis qu'il est né, il y a des milliards d'années de cela. Comme il a mal, il a peur et il rugit.

Il se retourne, il renifle à travers les étoiles, il cherche d'où vient le déséquilibre dans la toile des galaxies.

Et il trouve l'origine de cette douleur. Cela vient de très loin. On tente de recréer ce qu'il a détruit, on va contre le cours de l'univers. Alors il se réveille complètement, il s'étire, très loin dans le vide, et il se met en mouvement.

Tant qu'il aura mal, il ne pourra pas se rendormir.

***

Il y eut un gémissement horrible, qui fit sursauter Louis. Jusqu'ici, il n'avait rien dit. Il avait aidé ses amis dans leur recherche, mais chez Eyver, il était resté en retrait, se contentant d'observer discrètement.

Le gémissement, presque animal, inhumain, déchira à nouveau le silence de la pièce. Louis tourna la tête vivement. Ça venait d'ici, du salon ! Il découvrit alors le visage d'Éden, atrocement déformé. Il n'avait pas de mots pour décrire ce qu'il voyait. C'était comme si on tirait sur la peau de la jeune fille pour l'arracher. Ses traits s'étiraient, ses joues n'avaient plus de forme, sa bouche grimaçait affreusement.

Il se tourna vers Zec pour le prévenir, mais son ami était dans le même état. En plus d'être défiguré, son corps semblait se dédoubler, comme dans une vidéo de mauvaise qualité. Eyver subissait le même sort et il tremblait tellement fort que son fauteuil cliquetait.

On les déchirait de l'intérieur. C'était comme si on écartelait chaque fibre, chaque cellule de leur corps. Éden hurla, Zec grinça des dents, et Eyver se ratatina dans son fauteuil.

Dans sa confusion, Éden se dit qu'elle allait être réduite en mille morceaux et éparpillée au vent. Dans un effort surhumain pour ouvrir les yeux, elle s'aperçut que Zec et Eyver vivaient la même souffrance qu'elle. Elle ne comprenait pas ce qu'il se passait. Quelques secondes avant, tout allait bien, ils admiraient le Livre-Monde, les billes grises brillaient, parfaitement alignées. Ils avaient, en quelque sorte, expérimenté l'émotion du Créateur face à ces perles de vie qui ne demandaient qu'à retrouver leur place dans l'existence. Et là, la douleur les tordait, les aspirait vers le noir.

Au début, Louis resta pétrifié. Mais qu'avaient donc ses amis ? Et pourquoi lui, ne ressentait-il rien ? Il regarda tout autour de lui, affolé, cherchant de l'aide. Mais il n'y avait personne et Jérôme ne se montrait pas. Enfin, il comprit. Il était le seul à ne pas être chébérien dans cette pièce et tout avait commencé avec l'ouverture du Livre. Sans réfléchir, il bondit de sa chaise et referma le Livre-Monde d'un geste sec. La couverture retomba sur la première page. Les puces retournèrent dans le noir. La distorsion s'arrêta.

La douleur cessa, le silence intérieur revint. Les cellules des corps des Chébériens reprirent leur place. Ils restèrent tous les trois silencieux, abasourdis, pantelants, encore écrasés par la souffrance inhumaine qui venait de les traverser.

Eyver passa une main tremblante sur son front pour essuyer la fine pellicule de sueur qui s'y était déposée.

— Merci, Louis. Heureusement que tu étais là.

Zec grimaça un semblant de sourire à son ami.

Éden souffla, se frotta les bras et demanda d'une voix blanche :

— Qu'est-ce que c'était, cette... chose ?

Eyver prit une grande inspiration avant de répondre :

— L'Avaleur de Mondes...

Zec sursauta.

— L'Avaleur de Mondes ? Mais... ?

Eyver essuya la paume de sa main sur le tissu de son pantalon.

— Je n'ai pas réfléchi, j'étais aussi pressé que vous. Nous n'aurions jamais dû ouvrir le Livre. Il l'a senti. Il a senti le Livre et maintenant, il sait qu'il est là. Il va venir le chercher.

Eyver parlait avec difficulté, la bouche sèche.

— Vous en êtes sûr ?

Éden était blafarde, ses lèvres pâles tremblaient encore.

— Oui. J'en suis certain. Il n'y a que lui pour créer une telle réaction, juste au moment où le Livre-

Monde a été ouvert. J'aurais dû y penser, je n'aurais pas dû vous encourager à le faire. Il fallait le laisser verrouillé. Nous ne l'aurions ouvert qu'à la fin, une fois les autres retrouvés.

— Et l'Avaleur de Mondes... Qu'est-ce qu'il va faire maintenant ?

— Il va venir, Éden, il va venir ici et chercher à récupérer le Livre sans répit. Il voudra le détruire pour achever son œuvre. Et il va nous sentir nous aussi, nous qui venons d'un monde qu'il a effacé. Nous sommes des anomalies dans l'agencement de l'univers. Nous allons devoir être prudents à présent. Les choses ne seront plus pareilles.

— Comment allons-nous le reconnaître ? demanda Zec en contemplant le point rouge au bout de son doigt, là où une goutte de sang avait séché.

— Je n'en sais rien. Il peut prendre toutes les formes qu'il veut, même celles que nous ne saurions imaginer.

— Il va reprendre le Livre alors ?

— Nous allons l'en empêcher, Éden. Il faut le laisser fermé à présent. Ne plus l'ouvrir. Je pense qu'ainsi il ne pourra pas le détecter. Il ne l'avait pas senti tant qu'il était resté verrouillé.

En se redressant, Eyver fit pivoter son fauteuil roulant.

— J'ai fait fabriquer un coffre blindé pour y cacher les Livres. C'est du matériel militaire, ce qui se fait de mieux sur cette planète.

En parlant, il prit le Livre des Âmes avec délicatesse et le posa sur ses genoux inertes. Il déplaça son fauteuil jusqu'au mur opposé, fit pivoter un immense tableau derrière lequel apparut, grise et froide, la porte métallisée d'un coffre.

Elle avait été conçue de manière à ce que la serrure soit à la hauteur d'un homme assis. Les doigts tremblants d'Eyver composèrent un code sur le panneau digital et il y eut un bruit sec. La porte du coffre s'entrebâilla et Eyver l'ouvrit complètement. L'intérieur était composé de trois compartiments isolés les uns des autres et d'un casier dans lequel une carte à puce luisait faiblement. Eyver posa le Livre-Monde dans le premier compartiment, puis il referma la porte.

— Nous allons changer le code d'accès du coffre. Maintenant que l'Avaleur de Mondes nous a découverts, nous ne devons prendre aucun risque. Zec, tu vas composer les deux premiers chiffres, Éden, tu feras de même avec les deux suivants et moi je compléterai le tout avec les deux derniers. Personne ne doit savoir quels chiffres a choisis l'autre. Louis, quant à toi, tu vas choisir deux lettres pour achever le code. La combinaison ne pourra être complétée que par nous quatre réunis ici. C'est compris ?

Les trois jeunes gens hochèrent la tête silencieusement. Puis, l'un après l'autre, ils tapèrent leur partie du code. Ils se sentaient soudainement accablés, fatigués.

La légèreté qui les habitait jusqu'ici avait disparu. Le début de leur quête avait été douce, exaltante, comme un jeu de piste géant. Ils n'avaient pas eu à s'inquiéter de grand-chose. Mais là, toute cette innocence s'était évaporée. L'Avaleur de Mondes était en route et ils allaient en être les prochaines cibles.

— Et le second Livre-Monde ? demanda Éden d'une voix blanche. On va le chercher quand même ?

— On s'en occupera plus tard, murmura Eyver. Là, je suis épuisé. Mon corps me fait horriblement souffrir. Je réfléchirai après m'être reposé. Rentrez chez vous, prenez des forces vous aussi. Préparez-vous...

Et, sans ajouter un mot, il appuya sur la manette de son fauteuil qui s'éloigna dans le long couloir.

Zec, Éden et Louis se regardèrent, le cœur lourd.

Épilogue

Avec douceur, Jérôme prépara Eyver pour la nuit et le coucha dans son lit. Son maître n'avait pas dit un mot depuis le départ des trois jeunes gens. Le majordome ne savait pas ce qu'il s'était passé, mais il avait appris à ne pas poser de questions.

Juste avant qu'il n'éteigne la lumière, Eyver redressa la tête.

— Jérôme, vous vous souvenez de ce que je vous ai demandé, au cas où il reviendrait ?

— Oui, monsieur. Parfaitement.

— J'ai bien peur que cela se produise. Il faudra certainement en arriver à cette extrémité.

— Je garde tout à portée de la main pour le cas où, monsieur, ne vous inquiétez pas. Il sera fait selon vos souhaits.

— Merci, mon cher Jérôme, merci.

Eyver reposa sa tête sur l'oreiller. Jérôme éteignit la lumière.

***

Louis regardait fixement l'écran de son ordinateur. Il répondait à Leeloo, qui lui racontait sa journée sur une fenêtre Messenger, le tout agrémenté d'émoticônes tous plus farfelus les uns que les autres. Mais elle ne parvenait pas à le faire sourire. Il ne pouvait pas lui raconter sa journée à lui. Pourtant, il aurait aimé pouvoir faire sortir de son esprit les images des visages torturés de ses amis.

Il n'était pas chébérien et, pour la première fois, il s'en félicitait. L'Avaleur de Mondes ne pourrait pas s'en prendre à lui. Enfin, il l'espérait. Mais Zec, et Éden ?

Sans prévenir, il quitta sa fenêtre de conversation et éteignit son ordinateur. Il ne pouvait pas continuer à faire comme si de rien n'était et prétendre que tout était normal.

Il se demandait à quoi ressemblait cet Avaleur de Mondes. Est-ce qu'il avait une grande bouche pour engloutir les planètes ? Il saisit un crayon posé sur son bureau et se mit à griffonner un Avaleur de Mondes sur une feuille, tel qu'il se l'imaginait. Ainsi, jusque tard dans la nuit, il exorcisa ses peurs...

***

Éden contemplait l'agitation autour d'elle sans parvenir à se raccrocher à la réalité. Elle sentait encore, tout au fond d'elle-même, la douleur qu'elle avait ressentie plus tôt dans la journée. Ce soir, alors qu'elle regardait ses cousins hurler en jouant aux jeux vidéo sur leur immense écran plat, elle ne pouvait prétendre que tout cela n'avait été qu'un rêve. Non, c'était bien la réalité. Elle avait retrouvé un Livre extraordinaire dans lequel étaient stockées les milliers de vies des habitants d'une planète entière. Elle avait ouvert ce Livre et, ce faisant, réveillé un être dont l'existence n'était même pas concevable.

Elle eut envie d'entendre la voix de ses parents. Elle avait besoin de réconfort et, à cet instant, elle se sentit terriblement seule. Laissant ses cousins à leurs jeux de combats sauvages, elle alla s'isoler dans sa chambre pour téléphoner.

Elle laissa sonner longtemps. Finalement, le répondeur se déclencha.

« Welcome home ! We are busy and we can't answer right now. »

— Allô, papa, maman ? Vous êtes là ? C'est moi, Éden. J'aimerais vous parler. Allô ? Il y a quelqu'un ? Bon, rappelez-moi quand vous aurez ce message...

Éden raccrocha en soupirant. Comme d'habitude, il n'y avait personne. Même le week-end, son grand appartement était vide.

Elle se releva, tourna en rond quelques instants puis reprit son téléphone. Cette fois, on décrocha tout de suite.

— Zec ? Tu vas bien ? J'ai besoin de te parler...

***

Zec raccrocha. Sa discussion avec Éden lui avait fait du bien. Il avait passé toute la soirée allongé sur son lit, à fixer le plafond, tournant et retournant sans cesse les dernières heures dans sa tête.

— Est-ce que tu veux abandonner ? lui avait demandé Éden.

— Je me pose la question. Ça devient vraiment dangereux maintenant...

— Oui, je sais.

— Et toi ? Tu veux abandonner ? avait demandé Zec à son tour.

— Je me suis aussi posé la question. Mais maintenant, je ne me la pose plus.

— Ah ?

— Non. J'ai décidé de continuer. Je n'arrête pas de penser à ces puces qui semblaient respirer dans le Livre. Je ne peux pas les laisser... Je ne pourrais pas vivre avec cette image, cette idée.

— Tu n'as pas peur ?

— Si. Bien sûr j'ai peur. Mais si on ne tente pas tout, on est sûrs de perdre. Et je ne veux pas laisser l'Avaleur de Mondes gagner deux fois sans au moins essayer.

Silence. Zec réfléchissait à ce que venait de lui dire Éden. Elle avait raison. Lui non plus ne pouvait pas chasser de sa tête les nanopuces. Si les choses avaient été différentes, il aurait pu être dans l'une d'entre elles, comptant sur quelqu'un pour le sortir du long sommeil dans lequel les Chébériens étaient plongés.

— Si tu continues, je continue aussi. On va trouver un moyen d'échapper à l'Avaleur de Mondes.

***

C'était là.

Il le sentait, même si le courant de douleur qui l'avait guidé jusqu'ici s'était tari.

C'était là.

Il étira sa forme éthérée sous le ciel bleu de la Terre, le voilant légèrement, comme un nuage de poussière passant au-dessus de la ville.

Il n'arrivait plus à sentir la source de la distorsion avec exactitude, mais il cherchait son écho, la trace qu'elle avait laissée. Il cherchait autour de lui, reniflait, fouillait la surface de ce monde qu'il connaissait pour y être déjà passé, il y avait une petite éternité de cela. Le temps passa, la nuit tomba.

Enfin, il découvrit quelque chose et fut surpris. Ce n'était pas ce à quoi il s'attendait. Ce n'était pas la source de la douleur, c'était autre chose. Il se recroquevilla et s'approcha.

Il y avait une vibration étrange, qui perturbait l'univers. C'était tellement léger que, sans la douleur de la distorsion pour le mener ici, il ne l'aurait jamais sentie. Mais maintenant qu'il avait parcouru ces distances immenses, il la percevait, l'apercevait même, comme un scintillement, un éclat inhabituel.

Il se glissa sur le sol, se coula dans les rues, s'éleva vers les toits des maisons. Il y avait quelqu'un, ici, qui n'aurait jamais dû s'y trouver, une anomalie, une petite déchirure dans le tissu de l'univers. Il s'en rapprochait. Il se percha sur l'un des carrés de lumière qui perçait les murs des immeubles et observa.

L'anomalie était là. C'était un être qui ressemblait à un Terrien. Un garçon aux cheveux noirs. Mais ce n'était pas un Terrien. Il le sentait, en avait la certitude. La vibration était forte autour de lui. À ce moment-là, le garçon ôta un vêtement qui le couvrait et déplia des ailes blanches. Les Terriens n'avaient pas d'ailes ! Il comprit que cet être était lié à la distorsion qui l'avait réveillé, était responsable de sa douleur ! Il sentit une colère froide comme le vide de l'espace l'envahir. Personne, jamais, ne lui avait fait mal et cette... chose, cet être minuscule prétendait lutter contre son œuvre ! Il allait regretter de s'être attaqué à lui !

L'être, l'anomalie, tourna alors son regard vers lui, comme s'il pouvait le voir. Ses yeux fouillèrent le nuage éthéré qui le constituait. D'un pas lent, il s'approcha de la fenêtre.

L'Avaleur de Mondes recula et se fondit dans la nuit. L'être pouvait le sentir aussi ! Cela compliquait tout. Il allait devoir être prudent, mais il lui fallait absolument rétablir l'équilibre de l'univers, réparer sa toile. C'était son rôle. Pour cela, il devait éliminer l'anomalie, cet être aux ailes qui n'avait pas sa place sur cette planète. Y en avait-il d'autres comme lui ? Il se laissa flotter en reniflant l'air autour de lui... Oui, il lui semblait bien ressentir une autre vibration, un peu plus loin ! Combien étaient-ils ?

Il devait aussi découvrir ce qui avait provoqué la distorsion qui l'avait blessé, comment l'être ailé s'y prenait pour déchirer la toile de l'univers. Il devait fouiller en lui, voler ses souvenirs, et alors il saurait et pourrait éliminer l'anomalie puis détruire la source de douleur.

Fouiller et éliminer l'anomalie, voilà qui ne lui demanderait pas beaucoup de mal. C'était un être vivant tout ce qu'il y a de plus fragile et périssable. Son cerveau était aussi poreux qu'un nuage de gaz, il en aspirerait le contenu et la force vitale en quelques secondes. Il en avait avalé de nombreux comme lui...

Mais il devait rester prudent : l'être ailé pouvait le sentir, et avait le pouvoir de lui faire mal. Il ne devait pas agir n'importe comment. Il devait réfléchir...

Alors, tapi dans l'ombre, il se prépara à l'attaque...

Remerciements

En tout premier lieu, je voudrais remercier Constance Joly-Girard, qui m'a accordé toute sa confiance dès le début, et qui a cru en mon projet. Travailler avec elle sur ce roman a été un réel plaisir.

Un grand merci également à Denis Guiot, qui m'a tendu l'étincelle qui m'a permis d'allumer le grand feu des idées qui construisent cette trilogie.

Mes parents, Claudine et Slawek, pour leur soutien permanent et leur amour.

Léo, qui vit avec une maman souvent collée devant son écran pour écrire ses histoires !

Julien, qui me supporte et m'encourage sans faillir.

Ruthy et Régis, qui sont toujours là pour me lire et me donner leur avis, précieux chaque fois.

INTERVISTA CINÉMASCOPE

Axée sur le divertissement, la collection accueille tous les genres : romans d'aventures, mondes imaginaires, fantasy, science-fiction mais aussi romans intimistes…

Cinémascope, c'est l'aventure grand écran !

Déjà parus :

La Trilogie d'Ézoah

Suspense magie humour :
des ingrédients de rêve pour une trilogie de cauchemar…

Le tome 1 : ÉZOAH
Ézoah est plongée dans un monde intrigant peuplé d'araignées musiciennes et de tabourets mordeurs de fesses. Et ce sont pourtant ces animaux fantastiques qui vont l'aider à découvrir les règles du jeu et à atteindre son but : un vieillard nommé Elder…

Le tome 2 : IMMEMORIA
Les enfants y continuent la quête d'Elder, dont on apprend qu'il est le dernier Gardien des sept mondes. Mais, quand ils arrivent, tout semble perdu, car le vieillard a succombé !

Le tome 3 : TÉNÉBRIA
Avec les six autres enfants appelés en rêve, Ézoah, digne héritière d'Elder, décide de réparer les mondes tombés en morceaux. Mais une terrible surprise l'attend lorsqu'un monde inconnu refait surface…

Ézoah, c'est « *Alice au pays des merveilles*, version James Bond ».

Les auteurs : BERTRAND FERRIER ET MAXIME FONTAINE
Bertrand Ferrier est connu pour être celui qui a découvert et traduit *Eragon* en France. À trente ans, il est aussi l'auteur d'une dizaine d'ouvrages publiés chez Hachette et Le Rouergue notamment, ainsi que le traducteur de près de 150 livres. Avec Maxime Fontaine, ils ont imaginé Ézoah et ses mondes. Deux papas pour une petite fille comme ça, ce n'est pas de trop !

Les Chroniques Noires

« Les Chroniques Noires » est une série de romans policiers au rythme haletant situés aux périodes les plus intenses et les plus pathétiques de l'Histoire : le Paris de Philippe Auguste, la Rome des Borgia, la Chine des Song...

Une nouvelle façon de lire l'Histoire... frissons et action garantis !

LE CLAN DES ASSASSINS

Paris, 1192. Le roi Philippe Auguste est revenu de la croisade malade et affaibli mentalement. Le roi échappe à un attentat. L'un de ses pages découvre un complot. Il enquête au péril de sa vie, car les traîtres font partie des grands seigneurs du royaume, et les meurtriers sont invisibles...

LE SANG D'ARAGON

Nous sommes à Rome, en 1500. L'époux de Lucrèce Borgia est assassiné à l'intérieur du palais du Vatican. Un jeune garde du corps, Ascanio, mène l'enquête. Celle-ci est d'autant plus difficile et dangereuse que des factions rivales se déchirent dans une cité où le meurtre est une manière de rendre la justice et la trahison un art de gouverner. Ascanio n'hésite pas à affronter le tout-puissant maître de Rome, César Borgia...

LE TUEUR AUX DENTS DE TIGRE

Hang-Tcheou, capitale de l'Empire Song, en 1273. Le jeune général de l'armée impériale vient de mourir. C'est le troisième chef de guerre qui disparaît, la gorge déchiquetée, victime de celui qu'on surnomme le Tueur aux dents de Tigre. Cheng, un jeune guerrier intrépide, enquête sur le meurtre de son parrain. Ses soupçons se portent sur le ministre Kia Seu-Tao...

L'auteur : CLAUDE MERLE

Historien et romancier, Claude Merle est l'auteur de nombreux ouvrages, romans historiques, récits fantastiques et romans d'aventures, édités chez Bayard et Hachette. Il a également publié sept études historiques aux Éditions Autrement.

LES VAGABONDS
DE L'ENTREMONDE

Pas facile, quand on a quatorze ans, d'avoir un père hyperactif qui passe son temps à voyager. Heureusement, depuis qu'elle est sortie de pension, Musine le suit partout. Enfin... presque. Car quand il est pris en otage par celui qu'on appelle l'Illusionniste, l'adolescente se retrouve entraînée dans un voyage vers un monde inconnu, peuplé de créatures dignes de ses pires cauchemars.
Elle a vingt-quatre heures, pas une minute de plus, pour le sauver. Le temps qu'il lui faudra pour découvrir qui est réellement son père, de quel monde il vient, et d'en apprendre sur elle-même plus qu'elle ne l'aurait voulu...

Un récit initiatique mené tambour battant, aux frontières de la *fantasy* et du *thriller*.

L'auteur : JOHAN HÉLIOT

Johan Héliot est né en 1970 dans l'est de la France et vit actuellement dans les Vosges. Il est l'auteur d'une vingtaine de romans mêlant science-fiction, thriller et fantasy, régulièrement salués par la critique et parus chez divers éditeurs comme Mnemos, Folio SF, Mango, Le Rocher ou Denoël. Il se consacre entièrement à l'écriture et se partage entre univers adultes et littérature jeunesse, proposant toujours à ses lecteurs des balades inédites dans un imaginaire d'une grande originalité.

Également de Johan Héliot

LES FANTÔMES DU CYBERSPACE

Hector, 12 ans, petit génie de l'informatique, est l'héritier d'une lignée de médiums, capables de dialoguer avec les esprits. Le jour où l'inquiétant professeur Falco, maître des spectres électriques, débarque dans sa vie, le cauchemar commence... Hector trouve alors protection auprès de sa grand-mère, la Grande et Merveilleuse Edna, une spirite de la vieille école. Ensemble, ils devront percer l'incroyable secret du professeur, et ne pas hésiter à franchir la frontière qui sépare le monde des vivants de celui des esprits...

Aventure et frissons garantis ici comme dans l'au-delà...

Un roman fantastique teinté de science-fiction, pour fans de fantastique, de jeux-vidéos et de magie.

À paraître le 9 novembre 2008

L'ARCHE DE NOA

de Ange

Noa est une ravissante petite fille de 11 ans, qui vit avec sa mère et cinq frères et sœurs plus jeunes qu'elle dans un minuscule appartement parisien, entre Ménilmontant et Belleville. Noa est bien intégrée, c'est une excellente élève à l'école et elle a de nombreux amis. Tout irait bien, donc, si ce n'était un détail : Noa et ses frères et sœurs font partie de ceux qui "voient"...

Ils voient les autres habitants de Belleville : les lutins qui vivent dans les arrières salles des supermarchés, se nourrissant de Coca éventé et de saucisses périmées, les fées qui se dissimulent sous les escaliers, les vampires qui hantent le boulevard à la nuit tombée, buvant l'âme des SDF et des malheureux... Tout un monde parfois magique, parfois très noir qui s'entrecroise avec le monde réel et les préoccupations humaines.

La toute petite sœur de Noa trouve, dans une cave où elle a suivi une lente procession de chats, un médaillon abandonné, au centre d'un cercle rouge tracé au sol. Sans le faire exprès, elle réveille l'Ombre (le Mal absolu) et ses créatures, qui vont vouloir prendre le contrôle de Paris, en séduisant les êtres magiques comme les humains. Noa et ses frères et sœurs en savent maintenant bien trop...

Un polar dopé au fantastique dans un Paris imaginaire et cartoonesque, qui fait la part belle au mystère et à la peur...

L'auteur : ANGE

Ange est le pseudonyme de Anne et Gérard Guéro, scénaristes de BD et écrivains. Amoureux depuis toujours de la science-fiction et de la fantasy, ils ont publié aux Editions Vents d'Ouest puis Soleil plus de 43 BD, dont les séries à succès La Geste des Chevaliers Dragons, Nemesis, Paradis Perdu, Belladonne ainsi que la série d'humour "Les Blondes", aussi chez Soleil, sous le pseudonyme de Gaby. "L'Arche de Noa" sera leur douzième roman, après, entre autres, la série de fantasy Ayesha, chez Bragelonne, "L'Oeil des Dieux", dans la collection Autres Mondes, chez Mango, et "A mille milles de toute terre habitée", aux Édition Syros.

Photocomposition Nord Compo
Villeneuve d'Ascq

Dépôt légal : août 2008

Achevé d'imprimer sur rotative par l'imprimerie Darantiere
à Dijon-Quetigny en juillet 2008

N° d'impression : 28-1038

Imprimé en France